庫

落下する女神

草凪　優

徳間書店

目次

プロローグ

城島敦彦《じょうじまあつひこ》は墓に花を手向《たむ》けた。

三十年ぶりに足を踏み入れた故郷の空気は思った以上によそよそしく、ノスタルジックな気分に浸ることを許してくれなかった。むしろ、自分はかつて本当にこの土地に住んでいたのだろうかと、なんとも言えない居心地の悪さを覚えた。すべてがまるで夢のようだった。五十五年も生きていると、記憶と夢まぼろしの境界線が曖昧《あいまい》になるのだろうか。

山の中腹にあるその小さな寺はずいぶんと荒廃していた。あちこちに汚らしい雑草が生え、風に揺れる卒塔婆《そとば》は朽ち果て、過ぎ去った時間の重さに傷《いた》んでいる墓石も多く、墓参する人間など誰もいない雰囲気だった。耳の遠くなった老人がひとりで墓守《はかもり》をしていては、管理も行き届かないに違いない。

古さも古い寺だったが、古刹《こさつ》と呼ぶには由緒正しくもなさそうで、しみじみとした趣《おもむき》があるわけでもない。世間から、あるいは時代から打ち棄てられた淋しさがあるだけの景色の中、死者ばかりが黙々と眠っている——そんなところでひとり言葉もなく立ちつくしていると、なんだか自分まで亡霊になったような気がしてくる。

敦彦はかつて、ここに眠っている女と愛しあった。

命を懸《か》けた、燃えるような恋をした。

彼女は人妻だった。

美しい人妻だった。

第一章 海鳴り

1

一九八九年、夏の終わり――。

敦彦は汗まみれでセックスをしていた。西日が強く差しこむ四畳半、クーラーなんてあるはずのない部屋で、窓さえ閉めきって腰を使っていれば、汗まみれになるに決まっている。体位は正常位だったので、素肌と素肌がよくすべった。

「どうだ? 気持ちいいか?」

息をはずませながら訊《たず》ねると、沢本夏希《さわもとなつき》は焦点の合わない眼つきでコクコクとうなずいた。

夏希はひとつ年下の高校の後輩で、最近付き合いはじめた恋人だった。当時、二十三歳。美人というより可愛いタイプで、ショートカットがよく似合う。いかにも穢《けが》れを知らない清純派という雰囲気で、そのくせスタイルはグラマー。パッと見は、手脚が長く健康的な雰囲気なのだが、服を脱がせてみると、バストもヒップも太腿も眼を見張るほど肉感的だったので驚いた。

時はバブル経済真っ只中、ディスコ通いに精を出すボディコン姿の女たちがマスメディアを賑《にぎ》わせていたが、一般的な女子の貞操観念はいまよりずっと強かった。遊んでいる女とそうでない女がはっきりと分かれていて、夏希は後者だった。かろうじて処女ではなかったけれど、セックスに対して気後れし、裸で抱きあうことをいつだってひどく恥ずかしがっていた。

そういう女の性感を開発し、「こんなの初めて」と乱れさせることを夢見るのは、いつの時代の男でも一緒だろう。

敦彦も夏希の開発に余念がなかった。最初は明るいところで服を脱ぐことすら拒み、フェラチオなんてもってのほかと主張していた彼女に、まずはクンニリングスの味を覚えさせた。ムキになって一時間でも二時間でも舐《な》めてやり、続けざまにイカせてやった。おぼこい夏希はびっくりしたようで、取り乱して大泣きしたが、セックスに興味津々《きょうみしんしん》となった。

とはいえ、結合状態でオルガスムスに導いたことは、まだない。敦彦は『ホットドッグ・プレス』のセックス特集で知識をかき集め、虎視眈々《こしたんたん》とチャンスをうかがっていた。

「いっ、いやっ！」

夏希が焦《あせ》った声をあげたのは、敦彦が上体を起こしたからだ。そうすると、カエルがひっくり返ったような格好で男根を咥《くわ》えこんでいる女の姿が、男の眼にはしっかり見える。暗い中ならともかく、西日が差しこむ明るい中では、夏希が羞《は》じらってもしかたがない。

しかし、敦彦も簡単に引きさがるわけにはいかなかった。

「可愛いよ……」

甘くささやきながら、ふたつの胸のふくらみをすくいあげ、やさしく揉《も》みしだいた。淡い桜色の乳首を指でつまんでやると、夏希は困った顔をしながらも抵抗できなくなった。眉根を寄せ、半開きの唇をわななかせて、身悶《みもだ》えるばかりになる。

敦彦は悠然としたピッチで男根を抜き差ししながら、じっくりと左右の乳首をいじってやった。つまんだり、転がしたり、爪を使ってくすぐったり。ピストン運動を受けながら乳首を刺激されることに、夏希はひどく弱いのだ。

「ねえ、やめて……こっちきて……恥ずかしいよ……」

顔をそむけてささやきつつも、大股開きの内腿を喜悦《きえつ》にひきつらせている。敦彦が送りこむリズムに合わせて、腰がくねる。男根を包みこんでいるアーモンドピンクの花びらは匂いたつ新鮮な蜜《みつ》をこんこんと漏《も》らし、白濁した本気汁まで分泌《ぶんぴつ》しはじめている。

敦彦はひとしきり乳房と戯《たわむ》れると、両手をウエストのほうにすべり落としていった。腰のくびれを撫《な》でてやると、夏希は鼻奥から甘えた声をもらした。露骨な性感帯ではない部分をやさしく撫でてやると、彼女は喜ぶ。愛されている実感がもてるらしい。

敦彦はもちろん夏希を愛していたが、狙《ねら》いはウエストでもなければ、次に撫でた内腿でもなかった。

清純な顔立ちをしているのに、夏希は下の毛が濃かった。噴水が左右に跳ねあがるような形をした草むらは、茂っている面積が広く、女の花のまわりまでびっしりと覆《おお》っている。

敦彦はそれを指先で梳《す》いた。下に行くほど湿り気を帯びていく陰毛を慎重に搔き分けて、米粒大の突起を探しだした。

「あうっ！」

思わぬ刺激に夏希はのけぞり、すぐに焦った顔で両手を伸ばしてきた。

「ダッ、ダメ、そんなの……」

敦彦は夏希の両手を交錯させ、左手だけで押さえると、右手でクリトリスを刺激しつづけた。激しくいじりまわしたわけではない。親指の腹をあてて、圧を加えるように軽く押しただけだ。

それだけでも、夏希はショートカットを振り乱してあえぎにあえぐ。男根を抜き差ししながらだとよほど感じるらしく、羞じらうことも忘れて背中を反《そ》らせる。ガクガクと腰を震わせて、その震えが上半身にも伝わっていく。上下に揺れはずんでいる乳房の先端から、汗の粒が飛んできそうだ。

「ああっ、ダメッ……ダメダメダメッ……そんなことしたら、おかしくなるっ……おかしくなっちゃうっ……」

手応《てごた》えを感じた敦彦は、腰使いのピッチをあげた。ずんずんずんっ、と渾身《こんしん》のストロークで最奥まで突きあげ、そうしつつ、しつこくクリトリスに圧を加えつづける。ぐっ、ぐっ、ぐっ、とリズムをつけて……。

「イッ、イクッ……イッちゃう、イッちゃう、イッちゃうっ……そんなにしたらイッちゃうよおおおっ……」

次の瞬間、夏希の腰はビクンッと跳ねあがった。続いて、五体の肉という肉が淫《みだ》らな痙攣《けいれん》を開始した。ぶるぶるっ、ぶるぶるっ、と肉づきのいい太腿を震わせながら、夏希はのたうちまわっている。初めて味わう本物のオルガスムスに困惑し、羞じらってもいるが、快楽からは逃れられない。清純な顔をくしゃくしゃに歪《ゆが》めて、喜悦に歪んだ悲鳴を撒《ま》き散らす。震える太腿を閉じることもできないまま、深々と咥《くわ》えこんだ男根をぎゅっと食い締めてくる。

そのあられもない姿を見下ろしながら、敦彦は勝ち誇った気分になった。

ついに中でイカせてやった……。

オルガスムスに達した蜜壷はにわかに吸着力を増し、女体の痙攣を男根に伝えてきてたまらなく気持ちよかった。けれども、肉体的な快感より、夏希というひとりの女を征服し、彼女の上に君臨しているような、精神的な満足感のほうがずっと強かった。

2

窓を開け放つと風が吹きこんできた。湿気を孕《はら》んだ熱風だったが、汗まみれの体には心地よかった。

夏希が住んでいるこのアパートは坂の途中にあるので、眼下に群青色《ぐんじょういろ》の海が見える。荒天の日には、海鳴りも聞こえてくる。ここは日本海に面した小さな地方都市、籠瀬《かごせ》市。敦彦にとっても夏希にとっても故郷である。

敦彦は東京の大学に進学したので、戻ってきたのは六年ぶりだった。東京ではなにもかもうまくいかず、結局は「放蕩《ほうとう》息子の帰還」と相成《あいな》った。帰還して正解だった。こちらで就職するため、何度か帰省《きせい》を繰り返しているうちに、地元に残っていた夏希と再会し、恋人同士になった。

「人に見られるから、なんか着なよ」

夏希が声をかけてきた。布団の上でそそくさとパンティを穿《は》き、Tシャツを着る。

まだ汗は引いていないし、部屋には熱気も淫臭もこもっていた。それでも、明るい中で素肌をさらしていることに抵抗があるようだ。

「男の裸なんて誰も見ないさ」

　敦彦は笑った。ふざけて窓の前で仁王立《におうだ》ちになり、両手を腰にあてて胸を張る。射精を遂げたばかりのイチモツは半勃起《はんぼっき》状態だった。風になぶられるとビクッと震え、硬さを取り戻しそうになる。

「ホントにやめて。わたしの家よ」

　夏希が背中になにか投げつけてきた。ブリーフとTシャツだった。敦彦はそれには眼もくれず、夏希のいる布団の上に戻った。お互いの汗で、シーツがじっとりと濡れている。

「中でイッたな？」

　敦彦はニヤニヤしながら夏希の顔をのぞきこんだ。

「初めてだろ？　どんな気分？」

「……知らない！」

　夏希は頬《ほお》をふくらませて顔をそむける。敦彦はニヤニヤがとまらない。可愛い女だった。顔立ちも整っているし、体はピチピチだし、なによりも東京の女のようにすれていないところがいい。

「もう一回するか？」

夏希の肩を抱き、赤く染まっている頬にキスをした。

「どうすればおまえをイカせられるか、もうわかったからな」

「そんなことより！」

夏希は敦彦の腕を振り払い、布団の上で正座した。

「この前の話、ちゃんと考えてくれた？」

「なんの話？」

とぼけると、睨《にら》まれた。敦彦は苦笑しつつ横になり、夏希の太腿に頭をのせた。膝枕の体勢で見上げると、Tシャツに包まれた乳房がやけに大きく見えた。ノーブラだから、乳首がぽっちり浮いてもいる。エロティックな光景だったが、夏希の顔は険《けわ》しいままだ。

「心配しなくても、ちゃんと考えてるって。仕事が軌道《きどう》に乗ってきたら、ご両親に挨《あい》拶《さつ》させてもらう」

「本当？」

「ああ」

夏希は結婚をしたがっていた。彼女と初めて寝たのはひと月ほど前、夏が始まるころだった。寝る前に、遊びは絶対お断りと言われた。セックスするなら結婚を真剣に考えてほしいと……。

女の婚期をクリスマスケーキにたとえているような時代だったのだ。二十五を過ぎたら売れ残り、というわけだ。夏希は二十三歳。いまからいろいろと準備を整えて、二十四歳には立派な花嫁になるのが夢なのだ。

敦彦にしても、夏希と結婚するのはやぶさかではなかった。まだ付き合いはじめてひと月とはいえ、そういう気分になっていた。顔は好みだし、体も最高だけれど、やはり同じ土地の出身というのが大きい。阿吽《あうん》の呼吸というのがある気がする。眼と眼で通じあうなにかがある。

ただ……。

「とにかく、まずは仕事だよ」

敦彦は真顔で言った。

「中途入社だからしばらくは試用期間だろうし、そんな状況で親に挨拶しても、かえって心配されちゃうだろ？」

「じゃあ、正社員になったらいい？」

「ああ。そんなに待たせるわけじゃない。三カ月くらいだ」

「三カ月……」

夏希が落胆の溜息《ためいき》をつく。

「それくらいはしょうがないじゃないか。バリバリ働いて上の人に認められれば、もうちょい早く正社員になれるかもしれないし」

「本当かしら……」

「心配すんなって。なんか俺、いまやる気がみなぎってるんだ」

嘘《うそ》ではなかった。

敦彦が帰郷したのは、県議会議員をしている父に就職先を紹介してやると言われたからだ。

〈馬淵《まぶち》リゾート〉というその不動産会社は、バブルの波に乗って急成長。ゴルフ場開発やホテルの買収を次々に手がけ、飛ぶ鳥を落とす勢いらしい。

東京では深夜シフトのコンビニのバイトで、繁華街に足を運ぶこともなかった敦彦は、地元に帰ってきて初めてバブルを実感した。上京した六年前、籠瀬はなにもない地味な地方都市だったのに、駅前にビルが林立し、景色がすっかり変わっていた。盛り場が拡張され、脂《あぶら》ぎった顔の男たちが闊歩《かっぽ》して、誰もが浮き足立っているように見えた。

「じゃあ、約束」

夏希は小指を差しだし、指切りをねだってきた。敦彦は応じてやったが、夏希の顔はまだどこか不安げだった。

「なんだよ？」

敦彦が苦笑すると、

「だって……」

夏希は汗ばんだショートカットを掻きあげ、泣き笑いのような顔を見せた。

「敦彦くんって、いざとなったら逃げ足が速そうだから……」

「なんだそりゃ」

敦彦は体を起こし、夏希の肩を抱き寄せた。唇を重ねると、夏希は軽く拒《こば》んできた。

強引に舌をねじこんでいき、口の中を掻き混ぜてやる。唾液が糸を引くほどのディープなキスに引きずりこんでいく。

逃げ足が速い――敦彦は内心で舌打ちした。思い当たる節がないではなかったからだ。夏希の慧眼《けいがん》もたいしたものだった。たしかに敦彦は、いままでの人生で逃げてばかりいた。

敦彦には三つ年上の兄がいて、いまは家業の自動車販売会社を継いでいる。子供のころから品行方正で、出来のいい兄だった。地元の大学に進んだ彼と比べられるのが嫌で、敦彦は東京の大学に進学した。兄の進んだ大学より偏差値は低かったが、兄より垢抜《あかぬ》けた男になってやるつもりだった。しかし、そこに落とし穴があった。東京にまったく馴染《なじ》めなかったのだ。男も女もまわりにいたのは遊び慣れた連中ばかりで、ついていけなかったのである。

高校までの敦彦は友達が多いほうで、疎外感《そがいかん》なんて味わったことがなかったから、なおさらダメージは大きかった。田舎者と馬鹿にされていると思うとキャンパスにも足が向かなくなり、留年のすえ結局中退。県議会議員をしている父に合わせる顔もなく、東京でフリーター生活を送るしかなかった。世間から隠れるように深夜のコンビニで……。

だが、そんな逃げ腰の人生とは、もうおさらばだ。

父のコネとはいえ就職も決まったし、素敵な恋人にも巡り会えた。ようやくツキが巡《めぐ》ってきたのだ。自分もバブルの波に乗って、ひと花咲かせたい。

といっても、それほど大それた夢があるわけではない。少しばかりいいクルマに乗って旨《うま》いものを食べ、家を建てて明るい家庭を築ければそれでいい。夏希がそんなに結婚したいなら、堂々と受けて立ってやる。好きな女を幸せにするのは男の甲斐性《かいしょう》。とびきり綺麗《きれい》なウエディングドレスを着せてやる。

「舐めてくれよ」

敦彦は立ちあがり、いつの間にか勃起していた男根を夏希の顔の前に突きつけた。

夏希は怯《おび》えたように眼を泳がせた。彼女はフェラチオを嫌悪しており、いままで一度だってしてくれたことはない。敦彦もいままで無理強《むりじ》いはしなかった。しかし、妻になりたいならそれくらいのことはしてくれないと困る。

「俺は指切りしてやったよな？」

腰を反らせ、反り返った男根を揺らす。

「人に一生の決断を迫っておいて、舐めることもできないのか？」

「……わかったわよ」

夏希はおぞましげに顔をそむけつつも、男根をつかんだ。こわばりきった舌をおずおずと差しだし、亀頭の裏筋から、ねろっ、ねろっ、と舐めはじめた。

3

〈馬淵リゾート〉の本社は、籠瀬駅前の一等地に建つオフィスビルの五階にあった。

敦彦は面接や書類の提出などで三度ほど訪れていたが、田舎の不動産会社とは思えないスタイリッシュな雰囲気の中、三十人ほどの社員が眼を輝かせて仕事に励《はげ》んでいた。二十代や三十代の若い社員が目立ったせいもあり、活気に満ちあふれていた。自分もその一員になるのかと思うと気分は上昇していくばかりだったが、敦彦の初出勤はオフィスではなかった。

その日は、〈馬淵リゾート〉のフラッグシップであるグランドマブチホテルの宴会場で、地元選出の参議院議員・亀田勇策《かめだゆうさく》のパーティが開催されることになっていた。

いわゆる「励ます会」である。

会場に一歩足を踏み入れるなり、敦彦は圧倒された。ゆうに二百人は入りそうな広々とした会場に、贅を尽くした立食パーティの準備が整っていたが、参列者たちが放つオーラはそれ以上に迫力があった。高級スーツ、高級腕時計、磨《みが》きあげられたピカピカの靴――エグゼクティブであることが一目瞭然《いちもくりょうぜん》なうえ、どの顔も自信がみなぎっていた。敦彦には経験したことのない雰囲気で、窓際で呆然と立ちすくんでいることしかできなかった。

「地元の有力者が一堂に会してるんだ」

軍司巌《ぐんじげん》が耳打ちしてきた。

「あそこにいるのが籠瀬銀行の副頭取だろ。そっちは商工会議所のお偉いさん。東京から来たゼネコンの役員もいれば、地元の建設会社の社長もいる。飲食チェーンのオーナー、タクシー会社の社長、それに大地主様もな……」

軍司は四十歳前後、〈馬淵リゾート〉の社長である馬淵隆造《りゅうぞう》の側近らしい。当時流行《はや》った紫色のソフトスーツを着ていたが、顔は弁当箱のように四角くて、髪はポマードたっぷりのオールバック。一見強面《こわもて》だが、笑うと人懐《ひとなつ》こい雰囲気になる。敦彦は、しばらく社長室付きの身分で研修に励むように言われたので、彼が直属の上司のようなものだった。

「おまえ、社長にはもう挨拶したの？」

「いえ……お忙しそうですし……」

敦彦は口ごもった。さすがに気後れしていた。地元の有力者たちが一堂に会したパーティ会場でも、ひときわ眼を惹《ひ》くのが馬淵社長だったからだ。

歳は五十代半ばだろうか。真っ黒に日焼けした精悍《せいかん》な顔に、意志の強そうな太い眉。ストライプ柄の派手なスーツを貫禄《かんろく》たっぷりに着こなし、口許《くちもと》に笑みを浮かべていても、眼は決して笑っていない。

面接で一度会っていたが、こうして遠巻きに見ていると、馬淵社長のカリスマ性は圧倒的だった。まわりの人間が畏怖《いふ》しているからに違いない。誰もが恐れながらも、取り入ろうとしている。卑屈な薄ら笑いを浮かべて、揉み手まで始めそうな輩《やから》もいる。

「挨拶してこいよ」

軍司に背中を押された。

「いまがグッドタイミングだ」

そのパーティには、県議会議員である敦彦の父も当然のように参加していた。その父がいま、社長と話を始めたのだ。父・城島剛司《つよし》は昔《むかし》気質《かたぎ》の無骨な男だった。柔道と空手の有段者で、反抗期にはよく殴《なぐ》られたものだ。

敦彦がおずおずと近づいていくと、

「おう。おまえ、しっかりやってるか」

父が肩を叩いてきた。敦彦は深く腰を折って、馬淵社長に挨拶した。父が楽しげに笑いながら馬淵社長に話をする。

「兄貴のほうはしっかり家業を継いでくれてるんですが、こっちは昔からふらふらしとりましてな。社長に拾《ひろ》っていただいて、本当に助かりました。おい、社長はこれから籠瀬を背負って立つ存在だ。身を粉《こ》にして働くんだぞ。頼むから俺の顔を潰《つぶ》さんでくれよ」

バンバンバン、と背中を叩いてくる。

「よろしくお願いします」

敦彦がもう一度深く腰を折って頭をさげると、

「そんなに緊張することはないよ。仕事は徐々に覚えていけばいい」

馬淵社長が笑いかけてきた。驚いたことに、眼まで細めて笑っていた。案外いい人なのかもしれない、と敦彦は嬉しくなった。

壁際の軍司がいるところに戻った。戻る途中で黒服のウエイターからもらったウイスキーの水割りを、渇《かわ》いた喉《のど》に流しこんだ。

「おまえ、明日から運転手をやれ」

軍司に言われた。

「えっ？　社長のですか？」

敦彦は身を乗りだしたが、

「違う。社長の奥さんだ」

軍司の答えは残酷なものだった。

「奥さんは会社にまったく関係ないんだが、運転手が突然辞めちゃって困ってるらしいんだ。明日から会社に来なくていいから、社長の家に行ってくれ」

嘘だろ、と敦彦は落胆を隠せなかった。

父のコネで入社して、社長室付き――特別扱いを受けられると思っていたのだ。コネ入社に対する後ろめたさがなかったわけではないが、敦彦にはもうそんなことを言っている余裕はなかった。大学中退で職歴もない二十四歳。コネでもなんでも使って東京で無駄に過ごした時間を取り戻さなければ、人並みの生活なんて送れない。

「挨拶は明日でいいけど、あそこにいるのが奥さんだから」

軍司の視線を辿《たど》っていくと、ひとりの女が立っていた。藍白の着物を凛《りん》と着こなし、驚くほど気品がある。十メートル以上離れているのに、馬淵社長とはまた違う種類の、特別なオーラを感じた。

しかし……。

「あの人が奥さんなんですか？　娘さんじゃなくて？」

敦彦は軍司に訊ねた。あまりにも若すぎたからだ。どう見ても二十代で、敦彦よりせいぜい二、三歳上のような感じである。

「あの人が奥さんだよ。ちなみに社長に子供はいない」

軍司はきっぱりと言いきった。それ以上よけいなことを訊《き》くな、と言わんばかりだった。

あの人の、運転手……。

敦彦はまじまじと彼女を見つめた。綺麗な人だった。絶世の美女という古めかしい言葉さえ、脳裏をよぎっていったくらいだ。

雪のように真っ白な肌。小顔で首が細いから、着物姿がとても映《は》える。切れ長の眼は、小顔の三分の一くらいありそうなほど大きい。睫毛《まつげ》が長く、鼻筋はすっと通り、薄い唇は控《ひか》えめで清楚《せいそ》。髪をアップにまとめているので、露《あら》わになったうなじから人妻の色香が匂《にお》いたつようだ。

だが、どこか人形のように冷たい印象があった。

十分以上観察していても、ただの一度も笑わなかった。挨拶に訪《おとず》れる人は次々と現れるのに、愛想笑《あいそわら》いさえしない。むしろ、怒っているような無表情で、まわりは取りつく島もない様子だ。

不安がこみあげてきた。

カリスマ社長の年若い妻というだけでも訳あり感が満載なのに、見るからに底意地の悪そうな人だった。

もちろん直感にすぎないし、誰にだって虫の居所がよくない日はある。それならいいのだが、前の運転手が突然辞めてしまった理由はなんだろう？　彼女と反りが合わなかったのではないか？　いや、それどころか、不当な扱いに業を煮やして、逃げだしてしまったとか……。

第二章　服従のキス

1

夕暮れ時の四畳半で敦彦は仁王立ちになり、夏希にフェラチオをさせていた。これでもう三回目だが、夏希は口腔愛撫《こうこうあいぶ》に慣れないようで、つらそうに眉根を寄せながら亀頭をしゃぶり、唇をスライドさせる。

夏希はウエイトレスの制服に身を包んでいた。すぐ側の喫茶店で働いているので、いつも着替えて出勤するのだ。

ショートカットの髪には白いレースのカチューシャ、肩のところがふくらんだパフスリーブの白いブラウス、ピンク色のエプロンワンピース。丈は短い。畳の上に正座していると、肉づきのいい太腿がチラリと見える。

敦彦は今日、仕事から早く解放されたので、夏希の働いている喫茶店に立ち寄った。彼女が仕事を終えるまで一時間ほど待ち、一緒にこの部屋に帰ってきた。敦彦が店に入っていくと、夏希は笑顔をはじけさせた。それはいいのだが、店主や常連客に「彼氏なんです」と自慢《じまん》げに紹介してまわった。見ているこっちが恥ずかしくなるほど、嬉《うれ》しそうに顔を赤くして……。

「へええ、結婚はいつ？」

「式はやっぱりグランドマブチホテルかい？」

好奇心の集中砲火を浴び、敦彦は顔では笑っていたが、内心では激しく憤《いきどお》っていた。部屋に戻るなり、夏希に意趣返しをした。着替える暇《いとま》も与えず、ウエイトレス姿のまま畳の上に正座させ、仁王立ちフェラだ。

「もっと深く咥《くわ》えるんだ」

両手で頭をつかみ、男根を無理やり押しこんでいくと、夏希は鼻奥で悲鳴をあげた。こちらを見上げるつぶらな瞳《ひとみ》に涙すら浮かべたが、敦彦は手加減する気にはなれなかった。ひどく残酷な気分だった。泣かせてやろうと思った。こっちは結婚すると言ってるのだから、おとなしく待っていればいいのに、外堀を埋めるような真似《まね》をするんじゃない！

いや……。

これは八つ当たりなのかもしれなかった。

敦彦が馬淵社長の妻――佐保《さほ》の運転手になってから一週間が経過していた。

どんな仕事であろうとも、それが仕事である以上、一生懸命に打ちこもうという健《けな》気《げ》な初心は、早くも打ち砕《くだ》かれていた。

送迎用に預けられたクルマは純白のベンツだった。左ハンドルのSクラス――すげえと小躍りしてしまったが、それ以外にいいことはひとつもなく、日々屈辱ばかりを味わわされている。

佐保は家事をすべて家政婦にまかせ、毎日なにかしら稽古《けいこ》に出かける。活《い》け花、お茶、日本舞踊、ゴルフの個人レッスン――浮き世離れしたお姫様のような生活を送っている。

それはべつにいい。いまをときめくカリスマ社長の若妻がお姫様のような生活を送っているのはある意味当然なのかもしれない。

だが、見た目から伝わってくる以上に性格の悪い女だった。遠目で見た印象よりずっと小柄な人だったが、底意地の悪さはヘビー級で、挨拶をしてもきっぱりと無視された。自己紹介さえ許されず、視線すら合わせてくれないで、たとえこちらを見るときでも、野良犬にそうするように一瞥《いちべつ》をくれるだけだ。完全に使用人扱《あつか》いというか、人間扱いさえされていない気がする。

こんなことがあった。クルマに乗りこむとき、佐保は扇子《せんす》を駐車場の砂利《じゃり》の上に落とした。敦彦はすでに運転席に座っていたのだが、佐保はクルマに乗りこまず、不満げな顔で突っ立っているばかり。何事かと思って外に出た。拾え、ということなのだ。なにも言わず、そっぽを向いたまま、それくらいのことは察して当然とばかりの態度だった。

佐保は二十九歳だという。敦彦と五つしか違わない。そんな女にここまでコケにされるなんて、いくらなんでもあり得ない話ではないか？　階級の差というやつだろうか？　たしかに彼女は社長夫人で、こちらは新入社員である。しかし、曲がりなりにも平等を謳《うた》っている現代社会で、ここまで露骨に差別的な態度をとることなんて許されるのか？

敦彦は内心でひどく苛立《いらだ》ち、焦っていた。

毎日ベンツの後部座席に佐保を乗せて稽古場まで運びながら、自分はいったいなにをやっているのだろうと思った。

これがみずから望んだ仕事であり、プロの運転手でも目指しているなら、屈辱にも耐えられるし、機嫌をとるための努力だってするだろう。

しかし、違う。

敦彦が就職したのは〈馬淵リゾート〉という飛ぶ鳥を落とす勢いの不動産会社なのである。末端社員としてでもいい、リゾート開発などの大きなプロジェクトに参加して、キャリアを積みたい。こんなことをやっていないで、早く会社に戻って仕事を覚えたい。なのにどうして、上司でもなんでもない社長夫人の顔色ばかりをうかがって、びくびくしていなければならないのか。

佐保を稽古場まで届けると、稽古が終わるまでクルマの中で待っているので、時間だけは腐るほどあった。宅建の参考書などを買い求めてみたものの、溜息ばかりが出て勉強はまったくはかどらなかった。

まさか……。

胸の奥で、嫌な予感が疼《うず》いてしようがなかった。

馬淵社長が自分を採用したのは、県議会議員である父との繋《つな》がりを保ちたいだけであり、敦彦自身はまるで評価されていないのではないか……。

考えれば考えるほど、その可能性が高く思えてしかたがなかった。

だいたい、大学中退のフリーターをあえて採用する必要など、あるはずがないのだ。人手が足りていないのならともかく、入社早々社長夫人の運転手を命じられるくらいだから、そうとも思えない。

嫌な予感が的中していれば、この先に待っているのは飼い殺しだ。仕事も覚えられず、オフィスに出社することさえ許されないまま、毎日ただただ屈辱的な使用人扱いに耐えなければならない。

いや、もしかすると、敦彦がそれに耐えかねて逃げだすことさえ、馬淵社長は視野に入れているかもしれない。妻の高慢さをいちばんよく知っているのは、他ならぬ社長のはずだからだ。

だがその一方で、敦彦は逃げだすこともあらかじめ禁じられている。黙って逐電《ちくでん》したりしたら、敦彦の父が社長に大きな借りをつくることになるからだ。息子の起こした不始末のせいで、頭があがらなくなるかもしれない。逃げるとすれば、勘当《かんどう》される覚悟がいる。

なんなんだよ、まったく……。

「うんぐっ！　うんぐっ！」

口唇に男根を咥えこませている夏希が、涙眼でこちらを見上げた。息ができないせいで可愛い顔が真っ赤に染まり、情けなく眼尻を垂らしている。必死に逃れようとしているが、敦彦は彼女の頭を両手でつかんでそれを許さない。

「このまま出すからな……」

低く絞った声で言った。ひどいことをしている自覚はあった。だが、これはあくまでも意趣返し。先にこちらの気分を害したのは、夏希なのである。

「このまま出すから、飲んでくれ……飲んでくれたら、さっきの件はチャラにしてやる……」

見た目もエロティックだが、唾液《だえき》があふれんばかりの口内の感触もたまらなかった。

ヌルヌルとよくすべるし、苦しまぎれに舌が動きまわっている。ピストン運動を送りこむと、ぐちゅぐちゅといやらしい音がたつ。

「苦しいか？　でも我慢するんだ？　結婚してやるんだから我慢しろよな」

こみあげてくる快感が、両膝を震わせた。抱き心地もいい女だが、フェラチオまでこんなにいいとは思わなかった。限界まで勃起した男根の芯が、甘く疼《うず》きだした。体の芯《しん》まで疼きだし、衝動《しょうどう》をこらえきれなくなっていく。

「出すぞっ！　口の中に出すぞっ！　おおおおっ……」

両手で夏希の頭をつかみながら、したたかに腰を反らせた。次の瞬間、煮えたぎる男の精がドクンッと噴射した。

「うんぐううーっ！　うんぐううううーっ！」

夏希が真っ赤な顔で悲鳴をあげたが、かまっていられなかった。

「吸ってくれっ！　吸って全部飲んでくれっ！　おおおっ……うぉおおおおおおおおーっ！」

雄叫《おたけ》びをあげながら腰を振りたて、夏希の口内に熱い粘液をドクドクと注ぎこんでいく。射精のたびに、痺《しび》れるような快感が体の芯を走り抜けていく。

夏希がいくら悲鳴をあげても、敦彦は最後の一滴を漏らしおえるまで、男根を口唇から引き抜く気にはなれなかった。

2

さらに一週間が経過した。

その日、佐保は日本舞踊の稽古を休み、活け花のお師匠《ししょう》さんの花展に顔を出すことになったらしい。そういうスケジュール変更を伝えてくるのは、馬淵家に仕《つか》えている執事のような男で、佐保が直接言ってくることはなかった。まったく、どこまでもナメている……。

それでも敦彦は、いつものようにベンツの運転席に乗りこみ、淡々と運転をした。もはや開き直りの境地だった。向こうが逃げることを望んでいるなら、意地でも逃げてやるものかと思った。

いずれ軍司に直談判《じかだんぱん》し、会社に戻してもらうつもりだった。しかし、それにしたってたったの二週間では、格好がつかない。せめて一カ月、できれば三カ月くらいは耐え難《がた》きを耐え、そのうえでの直談判《じかだんぱん》なら言葉の重みも違うだろう。

いまはただ耐えるのだ。

それしかできることはない。

花展の会場は、グランドマブチホテルの小宴会場だった。街いちばんの高級ホテルは、今日も変わらず街を見下ろすように聳《そび》えたっていた。二週間前のあの緊張感が、すでに懐《なつ》かしかった。

ベンツを運転しながら、バックミラー越しに後部座席をチラとうかがう。参議院議員を励ます会で佐保が着ていたのは、藍白の着物だった。気品はあるが控えめで、控えめながら優美さが透けて見えた。

一方、今日の着物は眼にも鮮やかな水色。細かく描かれた花の絵が、ところどころ金銀の刺繡《ししゅう》で縁取りされている。帯は赤。こちらにもふんだんに金銀の刺繡が施《ほどこ》され、要するにひどく派手だった。しかも、着ている佐保がすこぶる美人なので、人前に出たら嫌味なくらい目立つだろう。

「あなたも一緒に来て」

ホテルの地下駐車場にベンツを停めると、佐保が言った。敦彦は初めて彼女の声を

聞いたような気がした。ガラスの風鈴《ふうりん》を鳴らしたような高く透き通った声で、声まで
こんなに綺麗なのかと内心で唖然《あぜん》としてしまった。
それはともかく、べつに荷物があるわけでもない。お供する理由がさっぱりわから
なかったが、断ることはできなかった。
地下駐車場から二階以上へ直接昇れるエレベーターはなく、一階までを往復してい
るエレベーターに乗った。エレベーターを乗り換えるため広いロビーを横切っていく
と、その場にいた人間の視線がいっせいに佐保に集まった。予想通りのことだったが、
これでいいのだろうか、と敦彦の胸はざわめいた。
花展の会場に入ると、彼女ひとりだけがスポットライトでも浴びているように輝い
ていた。壁際に立って様子をうかがっている敦彦の眼には、はっきりとそう映った。
胸のざわめきは激しくなっていくばかりだった。
佐保だけが場違いなのだ。
その場にいる十人前後の女たちは、ほとんどすべて着物を着ていた。佐保のように
派手な着物はひとりもいない。みな茶や黒や紺だった。もちろん、自分自身ではなく、
展示している活け花を目立たせるために配慮しているのだ。

一方の佐保は、おそらくお師匠さんが活けたであろう会場でいちばん大きくて立派な作品をも凌駕《りょうが》する勢いで光り輝き、視線を集めている。

だが、ロビーで集めた視線とは違い、それは軽蔑《けいべつ》がこめられた冷ややかな視線だった。こういう場所に華やかすぎる装《よそお》いで訪れるのは常識がない、と敦彦も思った。結婚式に白いドレスを着ていくようなものだからだ。

佐保に近づいていった年配の女が、

「あなたのほうがお花より綺麗じゃない」

と言って笑った。敦彦には嫌味にしか聞こえなかった。

佐保はどこ吹く風だった。会場を早足でさっと一周すると、冷たい視線を集めるだけ集めて、そそくさと出ていった。

やれやれ、と内心で溜息をつきながら、敦彦はあとに続いた。

どうやらこの人には常識がないらしい——そう思うと、少しだけ救われる思いだった。自分に冷たくあたっているのも、要するに人間らしい心の機微《きび》などがまるでわからないだけで、わざとやっているわけではないのだ……。

エレベーターで一階に向かった。こんな短時間ですむのなら、日本舞踊《ぶよう》の稽古を休む必要はなかったのではないか、と敦彦はぼんやり思った。

佐保に続いてロビーを歩いていると、

「ねえ」

佐保が不意に立ちどまって言った。

「ちょっと疲れちゃったから、部屋をとって休んでいく」

敦彦は虚を突かれた。彼女がそんなことを言いだしたのは初めてだったが、もちろんとめる理由はない。

「でしたら、自分はクルマでお待ちしています」

「一緒に部屋まで来て」

「はっ？」

眉をひそめた敦彦をよそに、佐保はさっさと受付カウンターに向かって歩きだしていた。

部屋はごく普通のツインルームだった。

このホテルのオーナーは佐保の夫である馬淵社長だから、スイートルームでもとるのかと思った。さすがに小一時間の休憩にスイートルームはないか、と内心で苦笑した。もっと長い時間、着物の帯もといてゆっくりしたいなら、家に帰ればいいだけなのだ。

ただ、それほど広い部屋でないことが、敦彦には災《わざわ》いした。所在がなかった。先に部屋に入った佐保が奥のベッドにちょこんと腰をおろしてしまうと、その隣のベッドに座るわけにもいかず、かといってソファの類《たぐ》いもなく、壁際でぼんやり立っているしかなかった。

「ねえ」

佐保がこちらを見ずに話しかけてくる。

「あの人たちの着物見て、どう思った?」

「和服には詳《くわ》しくないもので……」

敦彦は曖昧に首をかしげた。

「ずいぶん地味だったと思わない?」

「はあ……地味と言えば地味でしたね……」

それが常識ってものでしょう、とはさすがに言えない。

「美意識の低い人たちって、本当に嫌よね。お花を引き立たせるためにおとなしいお着物で……とか言いあってあの有様《ありさま》なんでしょうけど、だったらどうしてもっと華やかにお花を活けられないのかしら？　立派なホテルで展示会しても、お花の腕は最低レベル。小学生以下。それにあの着物、地味に見えて実はとってもお高いのよ。やってることがちぐはぐすぎて馬鹿みたい。だから嫌なのよ、成金の田舎者って……」

唖然とするような毒舌だったが、敦彦にはその言葉の半分も届いていなかった。佐保がしゃべりながら、帯留めや帯紐をはずしはじめたからだ。

「なっ、なにやってるんですか……」

焦って声をかけると、

「暑いのよ」

佐保は立ちあがって帯までときはじめた。もう九月に入っているのに、盛夏のような陽射《ひざ》しの日だった。着物など着ていれば、たしかに暑いだろうが……。

「自分は失礼します」

敦彦は出入り口に向かおうとした。

「待ちなさい！」

佐保が強い口調でそれを制した。

「そこにいなさい。いまいた場所に」

「でも……着物を脱ごうとしてるんですよね？」

背中を向けたまま敦彦は震える声で訊ねた。

「こっちを見なさいよ」

佐保が言う。

「見なさい！」

しかたなく視線を向けると、佐保が着物を脱いでいるところだった。水色の着物の下は、白い襦袢《じゅばん》だった。露出度は着物と変わらなくても、いかにも下着という雰囲気に、敦彦はたじろぐ。

「なにぷるぷる震えてるの？　飼い犬に裸を見られて恥ずかしがる女なんていないでしょう？」

佐保は口の端だけで笑って、ベッドに腰をおろした。今度は先ほどより深く座り、少女のように両足をバタバタさせた。草履《ぞうり》が飛んだ。

「足袋《たび》を脱がして」

「……冗談ですよね？」

「わたしね、生まれてから一度も冗談を言ったことがないのよ」

敦彦は言葉を返せなかった。

「足が汗で蒸《む》れて気持ちが悪いから、早く脱がして。それとも、いきなり襦袢を脱がしてくれる？　裸の女が足袋だけ履《は》いてると興奮しちゃうとか、そういうタイプ？」

ケラケラと声をあげて、佐保は笑った。眼だけが笑っていないところが、彼女の夫である馬淵社長を彷彿《ほうふつ》とさせ、敦彦は身震いを禁じ得なかった。

3

佐保に近づいていった敦彦は、まず絨毯《じゅうたん》の上でひっくり返っている草履をきちんと揃《そろ》えた。それから、彼女の足元にしゃがみこみ、真っ白い足袋に包まれた右足に両手を添えた。足の小ささに内心で驚きつつ、こはぜを掛け糸から丁寧《ていねい》にはずしていく。

佐保がただ、自分を飼い犬扱いしたいだけなら、べつによかった。屈辱的なエピソードがあればあるほど、軍司に直談判に行くときに有利になるだろう。足蹴《あしげ》にでもなんでもすればいい。

こはぜをすべてはずすと、爪先をつまんで引っぱり、足袋を脱がせた。佐保の小さな足は美しかった。これほど綺麗な人間の足は見たことがないと思ったくらいで、爪など丸くて真珠のように輝いている。

しかし、ひどく汗をかいていた。触れなくてもわかるほどで、足袋を脱がせた瞬間、汗の匂いが鼻先で揺らいだ。

なぜこんなにも汗を？

たしかに暑い日だったが、髪をアップにまとめた佐保の顔はどこまでも涼やかで、汗などかいていなかった。うなじを露わにした細い首もそうだ。なのに足だけが、どうしてこれほど汗にまみれているのだろう？　足袋の中が蒸れるほど、外を歩きまわったわけでもない。自宅からこのホテルまでクルマで二十分、活け花の展示場にいたのだってせいぜい十五分くらいだ。

左足の足袋も脱がすと、佐保はまた、両足をバタバタと動かした。子供じみた所作《しょさ》だったが、にわかに強くなった汗の匂いは大人の女のものだった。足だけではない。襦袢の奥からも、もっと強い匂いが漂ってくる。

「舐めてよ」

耳を疑うような言葉が投げかけられた。

「足の汗、気持ちが悪いから、あなたの舌できれいにして」

敦彦が顔をあげると、佐保が悠然《ゆうぜん》とこちらを見下ろしていた。眼が据《す》わっていた。冗談を言っている雰囲気ではなかったが、さすがにそこまでは付き合えない。生足を舐めたりしたら、誰にも言えないエピソードになってしまう。

ここまでか……。

敦彦は深い溜息をひとつつくと、黙って立ちあがり、出入り口に向かった。馘《くび》になるかもしれなかったが、もうしかたがない。言われるがままに社長夫人の生足を舐めたりしたら、馘になるよりやっかいな災難が降《ふ》りかかってきそうである。

「逃げるのかしら？」

佐保の言葉が背中に刺さった。

「ここで尻尾を巻いて逃げたりしたら、あなたの将来、知れたものよ」

「……どうしろって言うんですか？」

敦彦は怒りの形相《ぎょうそう》で振り返り、震える声で訊ねた。

「足の汗を舌で拭《ぬぐ》えば、それで解放していただけるんですか？」

「どうかしら？」

佐保は楽しげに笑っている。眼だけは笑っていない。

「とにかく、あなたはいま、ご主人様に足を舐めろと命令されてるのよ。四の五の言ってないで、黙って舐めるべきなんじゃない？」

「……社長に申し訳ないです」

「どうして？　わたしの足をわたしが舐めてって言ってるのよ。夫なんて関係ないでしょう？」

「いや、でも……」

敦彦は苦《にが》りきった顔になった。顔が熱くてしようがなかった。襦袢姿の佐保と密室でふたりきりでいるだけで、馬淵社長に対して罪悪感が疼いた。それは嘘ではなかったが、逃げたと思われるのは心外だった。ここで逃げたら将来は知れたもの——それだけは、佐保の言っている通りな気がした。

はーっと息を吐きだすと、佐保の前に戻り、足元にしゃがみこんだ。足袋から解放された彼女の足は本当に小さく、汗の光沢をまとっていた。

女の足を舐めるなんて……。

敦彦はいままで、軽いキスすらしたことがない。しようと思ったことさえない。右足に両手を伸ばし、足の裏をそれで支えた。指先が汗でヌルリとすべりそうだった。口を近づけていき、足の甲に舌を這《は》わせた。

佐保の汗は甘かった。人間の汗というのはこんなにも甘いものなのか、と不思議に思ったほどだった。そして、酸っぱい香りがほのかに混じっている。

敦彦は必死で舌を這わせた。舌で汗を拭うというのは、そもそも不可能なのではないかと思った。舌を動かせば動かすほど、汗のかわりに唾液が付着する。どんどんヌルヌルになって、汗よりも卑猥《ひわい》な光沢を帯びてくる。

「足の指もしゃぶりなさい」

驚いて顔をあげると、佐保は眼の下を生々しいピンク色に染めていた。敦彦の心臓は縮みあがった。あきらかに、性的に興奮している表情をしていた。見てはならないものを見てしまった気がした。

毒を食らわば皿まで――そんなやけっぱちな気分で、親指を口に含んだ。丁寧にしゃぶりあげては、指の股にも舌を這わせる。そこは少ししょっぱくて、人間味のある味がした。

「ふふっ、くすぐったい」

佐保が笑いながら身をよじる。空いている左足を、少女のようにバタバタと上げ下げする。

足より強い汗の匂いが、襦袢の奥から漂ってきた。いや、それはおそらく、汗の匂いだけではなかった。

「ほら、反対側も舐めてよ」

左足を差しだされ、敦彦は同じように舌を這わせた。顔はあげられなかった。佐保は透き通った綺麗な声をしているが、それがちょっと震えて、なんとも言えない情感が伝わってきた。それもまた、性的な興奮の証左かもしれないと思うと、はっきり言って怖《こわ》かった。

だが、恐怖と同時に、体の奥底から熱い衝動がこみあげてきているのも、また事実だった。密室で女の素肌に舌を這わせ、女が性的な興奮を覚えているのに、男だけが冷静でいられるわけがない。

屈辱的なことを強いられているはずなのに、足指をしゃぶりあげる敦彦の唇には、次第に熱がこもっていった。指の股に這わせる舌の動きが、いやらしい愛撫じみてもくる。足を舐めているだけでこれほど男を興奮させるなんて、佐保はいったい何者なのだろうと思った。興奮どころか、恍惚《こうこつ》としてくる。口内に感じる小さな足指と、漂ってくる濃厚な汗の匂いに……。

「こっちを見なさい」

佐保の声で、敦彦はハッと我に返った。顔をあげると、佐保の瞳はねっとりと潤《うる》んでいた。新月の夜の湖のようだった。眼と眼が合った瞬間、吸いこまれるかと思った。だが、現実には真逆のことが起こった。左の肩を、ドンッと蹴られたのだ。敦彦は尻餅《しりもち》をついた。すぐ後ろが壁だったので、みじめにひっくり返ることはなかったが、おかげでまだ、佐保の足が届く範囲に体が残っていた。

自分の唾液でテラテラと濡れ光っている小さな足で、股間を踏まれた。敦彦は悲鳴をあげたが、その突然の暴力を咎《とが》めることはできなかった。

勃起していたからだ。

「なによ、これ？」

佐保の大きな眼は吊りあがっていた。飼い犬が勝手に発情したことに、よほどご立腹らしい。蔑《さげす》みと憤怒《ふんぬ》が混じりあった眼つきで見下ろしながら、ぐりぐりと股間を踏んでくる。

敦彦はうめき声をあげることしかできなかった。佐保の表情は夜叉《やしゃ》のように恐ろしくても、足はただ暴力的に勃起した男根を踏みにじってきたわけではなかった。むしろ、愛撫に近かった。力強くぐいぐいと踏んできているのに、男の性感をピンポイントで突いてくるような……。

「どうしてこんなふうになったのか、言ってみなさい」

佐保が立ちあがり、襦袢の裾をまくりあげた。太腿まで露わにしながら、さらに股間を踏んできた。突然目の前に現れた真っ白い美脚に敦彦は息を呑《の》んだが、見とれていることはできなかった。

「言わないとこっちを蹴飛ばすわよ」

足裏ではなく、足の甲が睾丸《こうがん》にぴったりと添えられた。当たり前だが、敦彦はズボンを穿いていた。なぜ正確に睾丸の場所がわかるのか……。

「すっ、すいませんっ！」

声をひっくり返し、その場で土下座《どげざ》した。頭が混乱しきっていて、それくらいしか善後策を思いつかなかった。

「失礼なことをして、本当に申し訳ございませんでした。これはその……ついうっかり……」

「誰が土下座しろなんて言ったのよ」

後頭部に、冷たい声が浴びせられた。続いて、敦彦の顔と絨毯の間に爪先が入ってきた。そのまま、ぐいっと顔をあげさせられた。

信じられないような屈辱的な扱いだったが、顔をあげた瞬間、目の前にあったのは太腿をほとんど全部剝《む》きだしにして立っている佐保の下半身だった。裾をまくりすぎて、いまにも股間まで見えそうだ。

「わたしはね、土下座が大っ嫌い。頭の悪い卑怯者《ひきょうもの》がすることよ。それに、うっかりってなに？　あなたはいつも、うっかり欲情してるわけ？　それってもはや、人間じゃなくて動物よ」

「すっ、すいませんっ！　本当は……正直に言えば……奥さんがその……あまりにも綺麗だったから……色気とか、すごいから……だから、いやらしいことを考えてしまって……」

なにが正解かわからぬまま、敦彦はとにかく闇雲に言葉を継いだ。顔をあげられず、絨毯をじっと見つめたままだった。生きた心地がしなかった。地雷《じらい》がどこにあるのかわからなければ、避けることもままならない。

しかし、佐保は奇跡的に機嫌を直してくれたようで、

「ふーん」

襦袢の裾から手を離し、脱いだ着物や帯が置かれていないほうのベッドに腰をおろした。

「わたしって綺麗？」

「すごくお綺麗です」

「色気もあるのね？」

「はい、それはもう……」

敦彦は米つきバッタのようにうなずいた。佐保は露骨《ろこつ》な褒め言葉に弱いのかもしれなかった。ならばいくらだって褒める用意はあるが……。

「つまりこういうこと？　あなたはわたしの足の汗を拭っていたのに、わたしがあまりにも綺麗で色っぽいから、抱きたくなった」

「あっ、いや……」

敦彦は脂汗《あぶらあせ》にまみれた顔を歪めた。そんなつもりは毛頭なかったが、

「なによ！　そういうことでしょ」

佐保に迫られると反論できなかった。

「……そうかもしれません」

がっくりとうなだれると、

「じゃあ、さっさと脱ぎなさいよ」

佐保は顔をそむけてつぶやくように言った。言葉の内容にも驚いたが、そのとき佐保が初めて恥ずかしそうな表情をしたので、敦彦の心臓はドキンとひとつ跳ねあがった。

これは本気だ……。

「どうしたのよ？　抱きたいんでしょ？　抱かせてあげるから、早く裸になりなさい」

最初からこういう展開を狙《ねら》っていたのかもしれない――そう思わざるを得なかった。

多忙な夫に相手にされず欲求不満なのか、あるいはそもそも性欲が旺盛《おうせい》なのか、いず

れにしろ、佐保は飼い犬扱いしている敦彦をベッドに誘うつもりで、この部屋をとったのだ。セックスが、したいのだ。

4

敦彦はスーツを脱ぎ、下着や靴下も取って、全裸になった。

かといって、いきなり佐保にむしゃぶりついていくわけにもいかず、ベッドにあがっていくことさえはばかられたので、勃起しきった男根を両手で隠し、立ちすくんでいることしかできなかった。

佐保は恥ずかしげに顔をそむけつつも、チラチラと横眼でこちらを見てくる。

「男らしくないわね。なに隠してんの？」

敦彦はしかたなく、両手を股間から離した。男根は隆々と反り返り、下腹にぴったりとくっついていた。これほどの勢いで勃起しているのは、若い敦彦でも珍しいことだった。

社長夫人の浮気相手を務めることに、恐怖を感じなかったわけではない。だがしかし、浮気はひとりでするものではない。もし馬淵社長が、妻が敦彦と間違いを犯したことを知ったら——敦彦を許さないのは当然としても、妻のことだって許すわけがない。下手をすれば離婚だ。

ということは、佐保は命懸《いのちが》けで秘密を守ろうとするはずであり、浮気が外部にもれる可能性はきわめて低いはずだった。

そしてもうひとつ……。

敦彦には、いつまでも佐保の運転手などしていられないという事情もあった。佐保の欲求不満解消に手を貸し、うまく彼女に取り入ることができれば、早く会社に戻ることができるのではないかという計算が働いていた。

敦彦はセックスに自信があった。あのおぼこい夏希をひと月あまりで中イキまで導いたベッドテクは、他の男に見劣《みおと》りするものではないだろう。何時間でも辛抱《しんぼう》強く舐めていられるし、早漏《そうろう》でもない。おまけに、夏希と違って佐保は人妻。すでに性感はきっちりと開発されているはずであり、中イキどころか二度でも三度でも続けざまにオルガスムスに導けるかもしれない。

佐保が動いた。

ベッドカバーをはずし、シーツの上で四つん這いになった。白い襦袢は着たままで、ピンクぼかしの伊達締め《だてじ》もといていない。

意味がわからず、敦彦は動けなかった。

「なにしてるのよ？」

佐保はベッドに顔を伏せたまま言った。

「さっさとキスしてくれないかしら？」

敦彦は内心で首をかしげるばかりだった。キスをするのに、どうして四つん這いになる必要があるのだろう？

とはいえ、男女の営みのとき、そういうことをいちいち問いただすのは野暮である。それくらいのことは、敦彦でもわかる。

このシチュエーションでキスをしろ——おそらく、クンニリングスを求めているのだ。いきなりバッククンニとは変わった趣味だが、そもそも変わっているのが佐保という人である。きっとそういうやり方が興奮するのだろうと自分に言い聞かせ、敦彦はベッドにあがっていった。

白い襦袢に包まれている尻は、やけに丸かった。意外なほど量感もある。着物を着ていることが多い佐保だから、敦彦は彼女のスタイルをよくわかっていなかった。身長は一五五センチあるかないか。小柄だから、二十九歳でも少女体形かもしれないと思っていた。

しかし、尻のフォルムだけでそうではないとわかった。ただ大きいわけではなく、丸々と立体感があって、充分すぎるほど張りつめている。

人妻の尻か……。

両手でそっと触れてみる。手のひらに伝わってくる丸みは、見た目以上に女らしく、思わず撫でまわしてしまう。古式ゆかしい作法に則《のっと》り、パンティは穿いていないようだ。

撫で心地が、夏希とは全然違った。夏希はもっとたっぷりしているというか、肉の感触が柔らかいのに、佐保のほうはムチムチと弾力に富んでいて、まるでゴム鞠《まり》を撫でているようだ。

そう言えば……。

夏希とはまだ、バックスタイルで繋がったことがなかった。四つん這いになって尻の穴を見られるのが恥ずかしいらしい。一方、目の前の女はいきなりバッククンニを求めてきた。繻袢の裾をめくれば、女にとって性器を見られるより恥ずかしい排泄器官まで露わになるのに……。

人妻の面目躍如《めんもくやくじょ》というところだろうか。

敦彦はごくりと生唾を呑みこんでから、繻袢の裾をめくりはじめた。

ふくらはぎも太腿も、新雪を彷彿とさせるくらい白かった。もちろん、尻もそうだった。繻袢自体が白いのに、それをめくりあげてなお、ふたつの尻丘の白さは眼に染みた。ただ白いだけではなく、上薬をたっぷりと塗られた白磁のように輝いていた。強い匂いがした。汗の匂いだけではないと一瞬でわかったが、敦彦の意識はまず、別のものにとらわれた。

尻の桃割れの間から、薄紅色のすぼまりが見えていた。清らかな色合いに驚かされた。そのすぐ下にはアーモンドピンク色の女の花。左右対称の花びらがぴったりと口を閉じ、縦に一本の筋をつくっていた。その姿はお行儀がよかったが、花びらのまわりに短い陰毛がまばらに生えているから、途轍《とてつ》もなく淫靡《いんび》に見えた。ずいぶんと毛が濃い。夏希も濃いほうだが、それ以上かもしれない。これが震えるほどの気品をもつ社長夫人の体の一部とは、にわかには信じられなかったくらいだ。

敦彦はまばたきも忘れて佐保の花を凝視しつつ、鼻から思いきり空気を吸いこんだ。強い匂いの正体は、発情のフェロモンに違いなかった。佐保はもう、濡らしているのだ。花びらをそっとくつろげてみれば、愛液があふれてくるに違いない。

早速、舌を伸ばしてツツーッと縦筋を舐めあげたが、

「そっちじゃない！」

佐保が叫んだので、敦彦はびっくりして彼女の尻から顔を離した。

「そっちじゃないほうに、まずキスして」

「……お尻の穴ですか？」

佐保は言葉を返してこなかった。黙っているということは、肯定《こうてい》ととらえていいのだろうか。それにしても、いきなりアヌスにキスをしろとは、つくづく変わった女である。

敦彦は何度か深呼吸してから、薄紅色のすぼまりに唇を近づけていった。キスと言うからには、いきなり舐めたりしないほうがいいのだろうと思った。

「あっ……」

唇がアヌスに密着した瞬間、佐保は小さく声をもらした。敦彦は唇を押しつけたま

ま、しばらく動かなかった。いや、動けなかった。

不思議と嫌悪感はなかった。それどころか、うっとりしてしまった。社長夫人と秘密の情事、禁断の排泄器官に口づけ——いままで経験したことがない大人の世界のスリルが、甘美な眩暈《めまい》を起こさせた。

アヌスから唇を離すと、佐保が顔をあげて振り返った。双頬が羞じらいの朱色に染まっていたが、眼つきはしっかりしていた。まなじりを決していた、と言ってもいい。

「そこにキスをするのって、キスした人に服従を誓うってことですからね」

誰が定めたどこの風習なのか、敦彦はいまだに知らない。

「わかった？　その気があるなら、もっとキスして」

敦彦はうなずき、尻に顔を近づけていった。舌先を尖《とが》らせて、すぼまりの細い皺《しわ》を一本一本伸ばすように舐めた。

誰が定めたどこの風習であろうが、どうだってよかった。唇も重ねず、抱擁《ほうよう》もないまま、生足を舐め、尻の穴にキスをした。自分はたしかに、佐保に服従を誓ったのかもしれなかった。そのことが、思いがけず嬉しかった。いや、そんな軽い言葉では言い表せないような熱狂的な歓喜が、体のいちばん深いところからこみあげてくるようだった。

　夢中で舌を動かした。アヌスがふやけるくらいに舐めてやろうと思った。舐めながら、丸い尻を撫でまわしつづけた。佐保の放つ強い匂いは刻一刻と濃密になっていくばかりだった。

　溺《おぼ》れる、と思った。いや、溺れたい、と願いながら、敦彦は佐保の尻の穴に舌先を差しこんでいった。

「んんんーっ！」

　佐保が鼻にかかった声をもらした。敦彦がアヌスに舌を沈めながら、女の花もいじりはじめたからだった。佐保はガラスの風鈴を鳴らすような綺麗な声をしているが、いまもらした声はそれとは違った。激しく息をはずませているのに、蜂蜜でコーティングされているように甘かった。

　敦彦は花びらを左右にひろげた。予想通り、いや、予想をはるかに超えて、熱い粘液があふれてきた。縦筋をなぞった指先はすぐに水たまりにとらわれ、クリトリスは早くも硬く尖っていた。

「んんんっ……くぅぅうーっ！」

佐保は四つん這いの身をよじってあえいだ。激しく息をはずませては発情の蜜をしとどに漏らし、アーモンドピンクの花びらを淫らに輝かせた。

敦彦はその花びらをいじりまわし、めくりあげたその奥に、右手の中指をずぶずぶと沈めていった。上壁のざらついた凹《くぼ》みを押しあげると、佐保の悲鳴が甲高くなった。

敦彦は指使いに熱を込めた。ぐっ、ぐっ、ぐっ、と凹みを押しあげ、そうしつつアヌスも舐めてやる。ねろねろ、ねろねろ、と舌を動かし、薄紅色のすぼまりを念入りに愛撫していく。

「ああっ、いやっ……あああっ、いやあああっ……」

尻の穴を舐めまわされてよがる社長夫人は、この世のものとは思えないほどいやらしかった。敦彦の脳裏には、人形のように冷たい表情をした彼女の姿が鮮明に刻《きざ》みこまれている。なのにいまは、犬のような四つん這いで女の恥部という恥部をさらけだし、淫らな声をあげている。

敦彦は佐保の尻から顔を離し、大きく息を吸いこんだ。

そろそろ我慢の限界だった。勃起しきった男根は下腹に張りついてズキズキと熱い脈動を刻み、大量の先走り液を噴きこぼしている。

もう入れていいですか？――喉元まで迫りあがってきた言葉が、どうしても口から出ていかなかった。

無言のまま男根を握りしめると、切っ先を濡れた花園にあてがった。結合を予感した佐保が、ぐっと身構えた。拒まれてはいなかった。それでも、振り返りはしない。顔が見たかったが、視線が合うのが怖くもある。

ついに……社長夫人と……。

敦彦は息をつめ、腰を前に送りだした。ずぶりと亀頭を埋めこんだ瞬間、全身が燃えるように熱くなった。佐保の中は、奥の奥までよく濡れていた。そのくせ締まりは抜群で、結合しただけで頭の中が真っ白になった。

5

数日が過ぎた。

体を重ねても、佐保の態度は相変わらずで、口もきいてくれなければ、視線も合わせてくれなかった。とても彼女に取り入って会社に戻してもらえるような雰囲気ではなく、当初の目論見《もくろみ》ははずれてしまったと言っていい。

それでも、敦彦は不思議なくらい満たされていた。

佐保が物を落とすと、すかさず近づいていって拾いあげた。お礼さえ言われないのに、忠犬のように振る舞った。

服従を誓ってしまったのだからしかたがない――決して諦《あきら》めの気分ではなく、思い返すたびにニヤニヤしてしまう。

佐保とのセックスは最高だった。

敦彦が射精を遂《と》げるまで、佐保は三度も四度も立てつづけに絶頂に達した。ずっとバックスタイルだった。他の体位も試してみたかったし、襦袢を脱がして乳房だって揉んだり吸ったりしたかったが、そんなことを言いだせないくらいの興奮状態に敦彦は陥《おちい》っていた。高貴な社長夫人を四つん這いでひいひい言わせていると思うと、男の本能が爆発した。佐保の細い腰を両手でがっちりとつかみ、ただ力まかせに突きあげることしかできなかった。

それでも大満足だった。

欲求不満が解消されたせいか、あるいは体を重ねたことで心を開いてくれたのか、事後の佐保はいつもの高慢な彼女ではなかった。まるで別人のように、敦彦に甘えてきた。

恍惚の余韻《よいん》にたゆたいながら身を寄せあい、一時間くらいまどろんでいただろうか。その間、ずっとである。オルガスムスの痕跡がありありと残った瞳で敦彦を見つめては、甘い声で「好き」と繰り返しささやいてきた。

好かれる理由がとくに思いあたらなかったので、敦彦は戸惑ってしまったが、佐保が嘘を言っているようには見えなかった。ささやきながら、肩におでこをのせたり、二の腕に鼻の頭をこすりつけてきたりした。

二十九歳の人妻なのに、いや、だからこそなのかもしれないが、甘え上手だった。セックスが終わるとすぐに我に返ってしまう夏希とはまったく違い、事後のまどろみもセックスの一部と考えているのかもしれない。

「すごくよかった。こんなによかったの久しぶり……ううん、初めてかも……まだ体の芯がジンジン熱いもの……」

佐保のような美女にそんなことをささやかれれば、男なら誰だって締まりのない顔になるだろう。敦彦もそうなった。理由はわからなくても、佐保に好かれている実感だけは、いまも生々しく胸に残っている。

もしかすると……。

好きだから冷たくされていたんじゃないか？

そんなことさえ思ってしまった。

佐保は階級の差を見せつけたいわけではなく、自分にひと目惚れをしてしまったからこそツンツンしている——大いなる勘違いかも知れないけれど、彼女は社長夫人。間違っても社員の若い男と、情を交《か》わしてはいけない立場なのである。それを慮《おもんぱか》ってやらなければ、男がすたるというものだ。


敦彦が運転しているベンツには、自動車電話が搭載《とうさい》されている。

富裕層の象徴としてバブル時代にありがたがられたアイテムのひとつだが、通話料が高いので緊急時以外は使わないように厳命されていた。かかってくることもなかったのだが、突然呼び出し音が鳴りだしたのでびっくりした。

その日、佐保は日本舞踊の先生から宴席に招かれたとかで、海際の景勝地にある料亭旅館まで送迎をさせられた。自宅に送り届けたのは、午後十一時過ぎ。早いときは午後三時、四時に解放されることもあるから、珍しく夜遅くまで働いたことになる。

その帰路で、自動車電話が鳴ったのだった。敦彦はあわててベンツを路肩に停めた。

電話で話しながら運転をする自信がなかったからである。

「よう、元気でやってるか？」

かけてきたのは軍司だった。

「ええ、はい……どうしたんですか、こんな時間に？」

「この電話に出るってことは、いまクルマん中だな？」

「そうです。奥さんが宴会に参加してて、その送迎を……」

「もう送ったんだろ？」

「はい」

「退屈だよなあ、奥さんの送り迎えばかりじゃ」

「えっ？　いえ、そんなことは……」

「可哀相《かわいそう》だから、ちょっとこっちの仕事を手伝わせてやるよ。会社にクルマまわして
くれ」

「いまからですか……」

敦彦はさすがに絶句した。あと三十分もすれば日付が変わる。軍司の仕事を手伝えるのは嬉しいし、会社に戻してもらえるようアピールするチャンスなのかもしれなかったが、いくらなんでも遅すぎる。明日ではダメなのか？

とはいえ、断るわけにもいかず、急いで会社に向かった。もしかすると飲みに誘われるのかもしれないと呑気《のんき》なことを考えていたが、オフィスビルの下で待っていた軍司は、どういうわけか建築業者のような作業着姿でゴルフバッグを携《たずさ》えていた。

「いったいどこに行くんですか？　こんな夜中に……」

軍司はなにも答えてくれず、ニヤニヤ笑いながらベンツのトランクにゴルフバッグを放りこんだ。

作業着とゴルフバッグという組み合わせも謎なら、向かった先はゴルフ場などあるはずのない、山林ばかりの山の中だった。

会社から一時間クルマを走らせても、目的地にまだ到着しなかった。軍司は助手席で悠然と煙草《たばこ》をくゆらせているばかり。どうせ訊ねてもなにも教えてくれないだろうと、敦彦は黙って運転するしかなかった。

「そこで停めろ」

軍司に言われなくても、その先にはもう道がなかった。ずいぶん前から舗装《ほそう》が途絶えて、ベンツの底を何度もこすっていた。

クルマをおりた。敦彦は軍司に言われ、トランクから出したゴルフバッグを肩に担《かつ》いだ。思ったよりも軽かった。

懐中電灯《かいちゅう》を持っている軍司が先になり、獣道《けものみち》すらない雑草の中を分け入っていった。虫がすごかった。二、三秒に一回、顔に飛んできた蚊《か》を叩き落とさなければならない。頭上には背の高い木が茂っているので、蛭《ひる》だって落ちてくるかもしれなかった。足元にも注意が必要だ。蛇《へび》がいる可能性がある。軍司は安全靴を履いているが、敦彦は普通の革靴だった。真っ暗な中に足を踏みだすたびに、嫌な汗をかいた。

顔に飛んでくる蚊だけではなく、あたりには無数の虫が棲息《せいそく》しているようで、虫の音がうるさかった。視界が覚束ない中、不快に反響する虫の音に意識を奪われていると、頭がおかしくなりそうになった。

しかもそのうち、虫の音だけではなく、うめき声のようなものまで聞こえてきた。怪我《けが》をした野生動物が、事切れようとしているのだろうか。それはあきらかに、死を感じさせるうめき声だった。

軍司が足をとめた。

懐中電灯で自分の顔を照らし、ここだよ、という表情をする。

時計で計《はか》っていれば、歩いていたのは十分くらいだったかもしれない。しかし、敦彦には一時間にも二時間にも感じられた。顔は汗びっしょりで、そこにまた蚊の大群が飛んでくる。鬱陶《うっとう》しくてしようがない。すでに刺《さ》されたところは、痒《かゆ》くてしかたがない。

「おい、気分はどうだ？」

軍司が声をかけたのは、敦彦にではなかった。闇に向かって言い、そちらに懐中電灯の光をあてた。

変なものが転がっていた。一瞬、生首かと思い、敦彦は叫び声をあげそうになった。だが違った。斬《き》り落とされた首ではなく、地面に埋められた男が顔だけ地上に出していたのだ。タオルで猿轡《さるぐつわ》をされた口からもれていたのが、先ほどから聞こえていたうめき声の正体だった。

敦彦は恐怖におののいた。地面に埋められた男の顔は虫に刺され、見るも無惨に腫《は》れあがっていた。まるで地中から掘りだした木の根っ子だった。唇は普通の人間の三倍くらいにふくれ、眼なんてほとんど塞《ふさ》がっている。蚊だけではなく、野鼠《のねずみ》や百足《むかで》にまでやられたのかもしれない。

あとから聞いた話によれば——。

男は自然保護の活動家で、東京からわざわざやってきて、籠瀬のゴルフ場開発に反対する組織に協力しているらしい。それなりに名の知れた論客らしく、地元の新聞を中心にインタビューなどで活発に発言しているという。

ゴルフ場を開発しているのは、他ならぬ〈馬淵リゾート〉。つまり、会社にとって目障《めざわ》りな存在というわけだが……。

軍司は作業着のポケットをガサゴソと探ると、なにかを男の顔に投げつけた。札束だった。銀行の帯封がしてあるから、おそらく百万。

「いいか？　このまま土くれに還《かえ》るか、その金持ってどっかに消えるか、好きなほうを選べ」

軍司が男の口から猿轡をはずすと、奇声があがった。

「かっ、勘弁してくだしゃいっ！　きっ、消えますっ！　いますぐ消えて籠瀬には二度と足を踏み入れませんっ！　だからもう勘弁してくだしゃいっ！」

ほとんど正気を失っているようなしゃべり方だった。虫に刺されて塞がった眼から涙を流している様子は、これ以上なく醜悪《しゅうあく》だった。ただ醜《みにく》いだけではなく、根源的な恐怖を呼び起こすような醜さが、そこにはあった。

「本当に消えるな？」

「本当でしゅっ！」

「じゃあ、助けてやるか……」

軍司は敦彦に、ゴルフバッグの中にあるものを出せと指示をした。入っていたのはゴルフクラブではなく、スコップ二本だった。汗みどろになりながら、軍司と敦彦は男を土から掘りだした。

これもあとから聞いた話になるが——。

活動家の男は、丸二日間も山中で放置されていたらしい。おそらく、一瞬たりとも死の恐怖から逃れられない、戦慄《せんりつ》の二日間だったはずだ。それも、潔《いさぎよ》い死でも安らかな死でもなく、顔中を虫に刺され、小動物に齧《かじ》られながらゆっくりと息絶えていく、おぞましいばかりの死だ。

敦彦は震えあがるしかなかった。

いくらビジネスの邪魔になるとはいえ……。

ゴルフ場開発は何十億もの金が動く巨大プロジェクトだ。プロジェクトを先導する〈馬淵リゾート〉だけではなく、地主には大金が転がりこむし、建設会社は仕事を請《う》け負える。ゴルフ好きの富裕層がやってくるようになれば、宿泊施設や飲食店など、街全体が潤《うるお》う。めぼしい観光名所や名産品をもたない籠瀬にとって、大切な経済的支柱となる。

自然保護という綺麗事でそれを阻止《そし》しようとするのは許せないと、敦彦も思っていた。日本中が豊かになろうとしている現在、正論を振りかざして水を差すのは愚《おろ》か者の所業《しょぎょう》と言う他ない。

だがそれにしても……。

「殺すつもりもあったのかって？　ないない。そんなに自然が大切ならって、自然についてちょっと教育してやっただけさ。本読んでお勉強してわかった気になるなってことだよ。自然っていうのは怖いんだ。顔中蚊に刺されてみればわかる。手も足も出ない状態で蛇とにらめっこしてみれば簡単に理解できる。文明がどれだけありがたいかってな」

軍司は笑いながら言っていた。社長の側近から伝わってきたのは、プロジェクト推進のためなら、どんな汚れ仕事でもやってみせるという覚悟だった。

それにしてもここまでするのか……。

佐保にベッドに誘われて浮かれていた敦彦は、頭から冷や水をかけられた気分だった。

第三章　船上のしとね

1

「なにかあったの？」

珍しく佐保が声をかけてきた。体を重ねて以来、初めてかもしれない。

敦彦はベンツを運転中で、佐保は後部座席に座っている。若草色の着物は清楚《せいそ》で、背筋はすっと伸び、今日も人形みたいに美しい。

「いえ……べつになにも……」

敦彦は口ごもった。

「本当？　二、三日前から、ずっと顔色が悪いじゃない？　なにかあったなら言ってごらんなさいよ」

バックミラー越しに様子をうかがい、溜息をつきそうになった。佐保の眼はキラキラと輝いていた。こちらを心配しているわけではなさそうだった。人の悩みや不幸話が大好物なのだろう。それを笑い飛ばすことが……さもありなん、だ。むしろ彼女らしいとさえ思ってしまったが、さすがに本音を吐露《とろ》することはできなかった。

「このところちょっと腹の具合が悪くて……それで顔色が悪いんじゃないですかね……」

「嘘をつくなら、もうちょっとマシな嘘をつきなさい」

佐保の声が鋭《するど》くなる。

「あなた、自分の立場をわかってるの？　わたしに服従を誓ったわよね？　違うかしら？」

「……誓いました」

「どうやって誓ったの？　言ってごらんなさい」

「いじめないでくださいよ、仕事中に……」

敦彦が泣き笑いのような顔になったときだった。自動車電話の呼び出し音が鳴り、敦彦はあわててベンツを路肩に停めた。

「もしもし……」

鼻白《はなじろ》んだ顔をする佐保を横眼で見ながら、電話に出た。

「軍司だけど、いまなにしてる？」

「奥さんをお稽古場にお送りしているところです」

「じゃあ、待機中に会社に来い」

「えっ……」

「奥さんがお稽古してる間、おまえはクルマん中で待ってるだけだろ。三十分ですむから、会社に顔出せ」

どんな用事でしょうか？　と訊ねる間もなく、電話は一方的に切られた。佐保を見ると、まだ鼻白んだ顔のままだった。

「会社から呼びだされました。お稽古場に送り届けたら、ちょっと顔出してきますんで……」

そっぽを向いてなにも答えない。

「顔色が悪く見えたとしたら、たぶん最近になって会社からよく連絡がくるようになったからですよ。僕にはキャリアもなにもないから、プレッシャーがすごいっていうか……それで……」

佐保が黙ったままなので、敦彦はクルマを出した。正直、佐保の機嫌をとっている余裕はなかった。軍司にまた危ない仕事をさせられるのかもしれないと思うと、鼓動《こどう》がどこまでも激しく乱れていった。

軍司は社内に個室を与えられている。部署名はない。名刺をもらっていないので、肩書きもわからない。社長の側近ということは偉くないわけがないが、軍司は謎の多い男だった。

〈馬淵リゾート〉のオフィスに足を踏み入れた敦彦は、怪訝《けげん》な顔を向けてくる社員たちに会釈《えしゃく》しながら、奥にある軍司の部屋に向かった。敦彦はまだ、他の社員に紹介もされていなければ、歓迎会のようなものもされていなかった。やはり飼い殺し要員なのか、と暗い気持ちになりながら、ノックして扉を開ける。

軍司はひとり、デスクに足を放りだして新聞を読んでいた。足の隣には空になったコーヒーカップ。長閑《のどか》な雰囲気である。数日前のことなどなかったように、敦彦の顔を見ると相好《そうごう》を崩した。

「ハハッ。ここで会うとなんだか新鮮だな」

「はあ……」

軍司はデスクから足をおろすと、スーツの内ポケットから封筒を出し、

「ほらよ」

と差しだしてきた。

「なっ、なんですか？」

「ボーナスだよ」

「……いま九月ですよね？」

ボーナスは普通、六月と十二月ではないのか？

「うちは年に四回ボーナスが出るんだ」

「そうなんですか？　でも僕、まだ入社してひと月も経ってないし……」

「いいから受けとれよ」

賞与と記された封筒を受けとった瞬間、敦彦は顔から血の気が引いていくのを感じた。重かったからだ。入っているのは、一万や二万じゃない。五万とか十万でもない

……。

「中、見ていいですか？」

「おう」

恐るおそる中のものを取りだすと、札束だった。見覚えのある帯封がついていた。まだ記憶に生々しい、山に埋められた活動家の顔に投げつけられたものと一緒だった。

「……冗談ですよね？」

敦彦は声を震わせた。

「どうして僕なんかに、こんな大金……まさか……」

活動家の一件に関する、口止め料なのだろうか？

「変な勘ぐりはするなよ」

軍司は笑った。

「それは正真正銘、うちの会社のボーナスだ。俺が総務から預かった。嘘だと思うなら、総務に行って確認してみな」

「いや、でも……さすがにこんな大金は……」

「いまどき、景気のいい会社なんてそんなもんだぜ。東京あたりじゃ、忘年会のビンゴの景品が二百万とか三百万だっていうじゃないか」

そういう噂《うわさ》は、たしかに聞いたことがあった。とても現実の話とは思えなかったが……。

「まだ納得《なっとく》いかないか？　じゃあ、教えてやるよ。おまえさん、奥さんの覚えがめでたいんだと」

「はっ？」

「奥さんに気に入られたんだよ。よくしてもらってるから待遇もそれなりに考えてあげてくださいって、社長に進言があったらしい。珍しいぜ。あの人、他人の悪口しか言わないのに」

「いや、その……僕なんかの……どこが気に入られたんでしょうか……」

訳がわからず、敦彦はパニックに陥りそうだった。

佐保に気に入られる理由――セックス以外に思いあたることはなにもない。こっちはこっちで、口止め料のつもりなのか。あるいは、服従を誓った飼い犬に対するご褒《ほう》美《び》か……。

「あの人の考えてることなんて、俺らみたいな平民にゃわからないさ……」

軍司は煙草に火をつけ、ふうっと煙を吐きだした。

「けっこうな家柄の、モノホンのお嬢様なんだ。西町に籠瀬中央病院ってあるだろ？　彼女の実家が代々経営している病院なんだけど、もともとは籠瀬藩の藩主の血筋らしい。まあ、外様《とざま》の弱小藩だったから、御一新で没落しかけたところを、病院を経営してかろうじてもちこたえたって感じなんだろう。それでもいちおうはお殿様の家系だから、プライドが高いし、子供にはそれなりの教育をする。おかげで彼女は、ガッチガチの箱入り娘で育てられて、浮き世のことなんかなんにもわからない、あんな感じの人になっちゃったわけだ……世が世ならわたしはお姫様、って澄《す》ました顔してるだろ？」

軍司が笑ったので、敦彦も釣られて笑った。なるほど、そういう血筋なら、佐保の振る舞いもちょっとは理解できる。あの尋常《じんじょう》ではないお姫様オーラは、社長夫人になる前から彼女に備わっていたものなのだ。

「だからまあ、あんまりまともに相手しないほうがいい。多少の理不尽《りふじん》も、相手はお姫様って思ってれば許せるじゃないか。なあ？」

「そうですね」

敦彦はうなずいた。軍司はどうやら、敦彦が佐保にどんな目に遭《あ》わされているかくらい、先刻承知だったらしい。

「ところでその……」

思いきって訊ねてみることにした。

「僕はいつまで、奥さんの運転手をしていればいいんでしょう？」

「ああ、それな……」

軍司は首をまわしてポキポキと音をたてた。

「俺としては、すぐにでも戻してやりたいところなんだがねえ。奥さんのお付きに耐えられる根性もあるし、この前だって泣き言ひとつ言わないで仕事をやり遂げた。あれは俺なりのテストだったんだ。こんな時代に不動産なんて転がしてりゃ、泥を被《かぶ》るのを嫌がってられない。テストは合格。ただまあ、おまえさんが奥さんに気に入られちまうという意外な展開があったおかげで、すぐに戻すのが難しくなった。悪いが、もうしばらく辛抱《しんぼう》してくれ」

「はあ……」

「それに、これからはこっちのイレギュラーな仕事も、ちょいちょい頼むことになる。

難しい仕事じゃない。ただ、覚悟は決めておけ」

「……わかりました」

敦彦はうなずいた。軍司が腹を割って話をしてくれたおかげで、いくぶんか気分がすっきりした。飼い殺しにされるのではなく、いずれは会社に戻って働けるらしい。

それでも、両脚が震えていた。手にした百万の札束が、鉛の板のように重く感じられた。

世の中に、金が儲《もう》かるだけのうまい話なんてありはしないのだ。金が欲しいなら、覚悟を決めなければならない。正義を盾に誰もが潤うビジネスを邪魔立てするような輩など、追い払って当然なのである。

それはそうなのだが、自分が進もうとしている世界が、まぶしい光だけに満ちているわけではないことを、意識せずにはいかなかった。光もあれば、深い闇もあることを……。

2

日曜日、教彦は久しぶりに夏希とデートすることになっていた。

思いきり羽を伸ばそうと思った。

なにしろ、ボーナスで懐《ふところ》は温かい。夏希が行ったことがないような高級レストランで豪華ディナーをご馳走《ちそう》し、久しぶりのセックスだ。季節は夏から秋に移り変わり、空気は日に日に乾いていくけれど、四畳半の窓を閉めきってセックスすれば、おそらくまた汗みどろになる。レストランのあとはラブホテルに突撃すればいい。おまけに、お迎えは左ハンドルのベンツ。夏希にも少しはお姫様気分を味わわせてやれる。

約束の夕方五時、アパートの下でクラクションを鳴らすと、夏希が二階の窓から顔を出した。眼を丸くしている。クルマで迎えに行くとは言ってあったが、ベンツとまでは教えていなかった。

「どうしたの、このクルマ？」

アパートから出てきた夏希が、驚愕の表情で助手席に乗りこんでくる。

「会社からの預かりもんだよ。さすがに自分じゃ買えない」

「社用車を勝手に使っちゃっていいわけ？」

「大丈夫さ。そういうところ、うちの会社はおおらかだから。ほら、見てみろよ。自動車電話までついてるんだぜ」

「すごーい」

「それでどうする？　なんでも好きなもんご馳走してやるよ。ボーナスが出たんだ」

「えっ？　ボーナスの時期じゃないでしょ？」

「景気のいい会社のボーナスは年四回、いまどき常識だぜ」

敦彦は得意げに言うと、スーツの内ポケットから賞与と記された封筒を出し、夏希に渡した。

「中を見てみろよ」

札束を確認した夏希は、

「嘘でしょ！」

と大げさにのけぞった。

「百万円の札束ってさ、こうやっても抜けないんだぜ」

敦彦は一万円札を一枚つまみ、札束をぶらぶらさせた。正確に百万円じゃないと抜けてしまうから、いちいち数えなくても確認できると軍司に教わった。

「どうしちゃったの、もう。就職してから、まだひと月でしょ？　なのにベンツに百万円……」

「とにかく今日は楽しくやろう」

敦彦は余裕の笑みを浮かべて夏希を見た。久しぶりのデートということで、彼女もめかしこんできている。コーラルピンクの華やかな色合いをした、ミニ丈のワンピース。健康的かつ肉感的なスタイルが、ひときわ際立っている。メイクもいつもより大人っぽい。

敦彦は夏希の太腿に手を伸ばした。撫でまわしても、夏希は拒まなかった。恥ずかしがり屋の彼女も、ベンツと札束の威力にやられ、恥ずかしがることを忘れているようだった。

敦彦は調子に乗って、内腿まで手のひらを忍びこませていった。生脚だから、柔らかい内腿の感触が、手のひらにダイレクトに伝わってきた。ぷにぷにして柔らかかった。住宅街の路上で、カーセックスをするつもりなどない。けれども、こみあげてくるものがある。

夏希と最後にセックスをしたのは、もう二週間も前のことだ。しかも、あのときは強引な口内射精で泣かせてしまい、不完全燃焼だった。

先にセックスしようか、という気になってきた。豪華ディナーは後まわしでいい。高級レストランは逃げやしない。

内腿を撫でまわしながら夏希を見ると、濡れた瞳で見つめ返された。彼女もすっかりその気のようだった。金があるのに四畳半で汗まみれのセックスは不本意だったが、背に腹は替えられない。これから何十分もかけてラブホテルを探すより、いますぐ夏希を裸に剝き、その豊かな乳房に顔を埋めたい。

だが、そのとき。

自動車電話の呼び出し音が鳴った。

夏希は驚いてビクッとし、敦彦は深い溜息をついた。

「休みのところ悪いな」

電話の向こうで軍司が言った。

「ちょっと急ぎで頼みたいことがある。いま手すきか?」

手すきではなかったが、断るわけにはいかなかった。

「大丈夫です……ええ……はい……それで場所は？」

電話で指示を受けている敦彦のことを、夏希が不安げな眼で見つめていた。今日のデートは中止になる予感がしていたのだろう。残念ながら、彼女の予感は的中した。


ぶんむくれる夏希を助手席からおろし、敦彦はベンツを走らせた。

軍司に与えられたミッションは、女をひとりピックアップしてグランドマブチホテルまで送り届けることだった。

ピックアップの場所はクルマで一時間半もかかる隣県の街だった。籠瀬よりはるかに大きな街で、このあたりではいちばんの都会だ。

そんなところにわざわざベンツで迎えにいくのだから相当なエグゼクティブだろうと緊張したが、待ち合わせ場所である百貨店の前に現れたのは、二十歳そこそこの若い女だった。

真っ赤なボディコンワンピースを着ていた。腰にはチャンピオンベルトのような極太の黒いベルト。ハイヒールも十センチ以上ありそうだし、悪魔のように伸ばされた爪は真っ赤なマニキュアで飾《かざ》られ、黒いワンレングスの髪は腰に届くほど長い。

キミはいったい何者なんだ？

言葉が喉元まで迫りあがってきたが、敦彦は黙したままベンツのドアを開け、彼女を後部座席にうながした。運転席に腰をおろすと、香水の匂いにむせそうになった。

まだ東京にいたころ、彼女のような装いの女が六本木あたりのディスコに集《つど》っているとテレビの深夜番組で見たことがあった。自分とは関わりのない世界だと、敦彦はさして興味ももたなかったが、いざ目の前で見てみるとたじろいでしまいそうになる迫力があった。

ボディコンワンピースは体の線がはっきりとわかる。服を着ていてもバストの大きさやヒップの丸みがあからさまだし、しゃがんだだけで下着が見えそうな超ミニ丈だ。そんな格好を堂々とするだけあって、彼女は美人でスタイルもよかった。佐保には負けるだろうが、夏希よりは何ランクもグレードが高い。

眉を太く描く流行《はや》りのメイクも様になっていたし、ブルーカラーのアイシャドウや、ローズピンクのルージュにも艶《つや》がある。プロポーションだって素晴らしく、全体的にはスレンダーなのに出るところはきっちり出ている。

キミはいったい何者なんだ？

同じ言葉だけが、敦彦の頭の中でぐるぐるとまわっていた。派手な装いの美女でも、夜の住人の匂いはしなかった。おそらく、女子大生かＯＬ。もちろん、エグゼクティブではない。つまり、彼女がこれから会うであろう誰かが、エグゼクティブということになる。

敦彦も黙って運転をしていたが、女もひと言も口をきかなかった。生まれついての無愛想、という雰囲気ではなく、よけいなことを言ってはいけない、というルールを守っているようだった。

そんなルールを誰に押しつけられたのか、謎は深まっていくばかりだった。そして、秘密めいた雰囲気は彼女の放つエロスをますます濃厚にした。敦彦は次第に、車内という密室に彼女とふたりきりでいることが息苦しくなってきた。気まずさのせいではなく、エロティックな雰囲気のせいで……。

軍司は電話でこんなことを指示してきた。

「女をグランドマブチに届けてほしいんだけど、エントランスは使うな。地下駐車場の奥に隠しエレベーターがある。ボイラー室とかあるあたりの、なにも書いてない扉を探せ。そこだけ数字を打ちこむ鍵がついてるから、すぐわかるはずだ。暗証番号は1107。イイオンナって覚えりゃいい」

暗証番号は冗談みたいだったが、参議院議員がパーティを開くような街いちばんの高級ホテルに、隠しエレベーターが存在するという事実に戦慄を覚えた。いや、だからこそなのだろうか。エグゼクティブの秘密を徹底的に守ることが、一流ホテルの条件なのか。

グランドマブチホテルの地下駐車場にベンツをすべりこませると、敦彦は女を隠しエレベーターまで案内した。扉はすぐに見つかった。1107と番号を打ちこむと扉が開き、エレベーターホールになっていた。

「どうぞ。直通になってるらしいです」

敦彦が言うと、女はうなずいてエレベーターに乗りこんだ。エレベーターが閉まる寸前、敦彦と眼が合ったので、女はあわてて会釈をしてきた。その一瞬だけ、厚化粧に隠されている、まだあどけない素顔が見えた気がした。

仕事はこれで終了だった。

敦彦はベンツに戻った。運転席に座っても、すぐにクルマを出す気になれなかった。

彼女には「直通」と言ったけれど、どこに直通になっているのか、敦彦は知らなかった。軍司が教えてくれなかったからだが、普通に考えればスイートルームだろう。そこで待っているのは……。

考えないほうが身のためのような気がした。それでも、胸の中でもやもやしたものが渦《うず》を巻き、なかなか気分を切り替えられなかった。

時刻は午後八時過ぎ。夏希を再び呼びだし、ご機嫌をとるのに遅すぎる時間ではなかったけれど、とてもそんな気にはなれなかった。車内に残ったきつい香水の匂いが、不穏な想像だけをどこまでもふくらませていった。

3

敦彦は体の奥に澱《おり》のようなものが溜まっていくのを感じていた。

新聞やテレビのニュースは連日、この国の好景気を声高《こわだか》に伝えており、敦彦の両親も日々上昇しつづけていく株価の変動に夢中だった。両親がどんな株を保有しているのか知らなかったが、どんな株を保有していても儲けが出たのがバブルという時代だった。

土地の値段も上昇しつづけていた。都心にはワンルームマンションが、地方にはリゾートマンションが、いずれも投資の対象として大量に建設され、飛ぶように売れていた。

日本中が金の亡者と化していたのだ。いま思えば恐ろしい時代だったわけだが、その渦中にいるとき、人は誰も不吉なことを考えない。金はある。明日になればもっとある。その安心感と多幸感は、我が身を振り返ることを許してくれない。人は失敗してはじめて、すべてを冷静に見極めることができるのだ。

とはいえ、敦彦は残念ながら、株も土地ももっていなかった。なにももたざる若者だったがゆえに、なにかがおかしいと感じていた。

昔は厳格だった両親が、いまは口を開けば金の話ばかり。真面目な兄でさえ、今月はベンツが何台売れたなどと自慢している。家業の自動車販売店は、かつては中古車が売上の中心だったはずだ。たまに新車の注文が入っても、もちろん国産車で、外車なんてほとんど扱っていなかった。

だいたい、ほんの少し前まで深夜のコンビニでバイトしていた自分が、社用車とはいえベンツを乗りまわし、ポケットには百万円が入っている。

日曜日の夜、敦彦はとても真っ直ぐ帰宅する気になれず、繁華街でスナックに入った。そんなところで飲むのは初めてだったが、なにしろ懐が温かかった。ママに〈馬淵リゾート〉の社員だと言うと、いきなりウイスキーのボトルを一本サービスされたので驚いた。その値段が五万円とメニューに記されていたことには、もっと驚かされた。スナックではなく、クラブだったらしい。たしかに、内装も豪華だったし、ホステスの数も多かった。

「今度はぜひ、上司の方も一緒にいらしてくださいね。うち、接待上手が揃ってるから、商談なんかも大歓迎」

三十代とおぼしきママはそれなりに美人で色気もあり、執拗《しつよう》にボディタッチを繰り返してきた。ずいぶんとサービス過剰《かじょう》だったが、真っ赤なドレスだけはいただけなかった。どうしたって、グランドマブチホテルに届けた女のことを思いだしてしまう。彼女のほうがはるかに若く、ずっと美しかったが……。

「ねえ、ママ」

悪酔いした敦彦は、ひどい冗談を言ってしまった。

「いくら払ったら、今晩付き合ってくれる?」

「えええっ?」

ママは悪戯《いたずら》っぽく眼を見開き、

「そうね。そういうのはやってないけど、三十万だったから考えるかな」

笑いながら言っていたが、不意に真顔に戻ると耳打ちしてきた。

「嘘よ。本気だったらタダでいい。そのかわり、次は上司の人、絶対連れてくること」

敦彦は苦笑するしかなかった。べつに本気で抱きたかったわけでもないので、その話題は打ち切った。

三十代のママが三十万とはずいぶん吹っかけてきたものだが、先ほどの女だったらいくらだろう? ベンツで街いちばんのホテルに送り届けられ、そのスイートルームでエグゼクティブに抱かれ、いったいどれくらいせしめるのか?

五十万か百万か、あるいはそれ以上……。

逆に言えば、金さえあればあのグレードの女を口説《くど》きもせずに抱けるわけだ。株や土地で儲けた大人たちは、金の力で若い女を食いものにしているのだ。

胸の中に黒いものがひろがっていった。どうにも釈然《しゃくぜん》としないまま、敦彦はウイスキーの水割りを飲みつづけた。

「また元気ない」

後部座席で、佐保がボソッと言った。

「そんな辛気《しんき》くさい顔されてると、こっちまで気が滅入《めい》ってくるんだけどな」

「……すいません」

ベンツのハンドルを握りながら、敦彦は溜息まじりに言った。佐保は今日、週に一度の洋装の日だ。ゴルフの個人レッスンに向かっている。

ピンクのカーディガン、パステルブルーのポロシャツ、白いミニスカート、そしてポニーテイルにサンバイザーといったいでたちはスポーティでありながら可愛らしく、和装のときとはまるで印象が違う。

「自分でもわかってるんですけどね……ここんところ、どうにも調子が出なくて……」

「悩みごとがあるなら言ってごらんなさいよ」

バックミラーを見なくても、佐保が眼をキラキラさせていることは察しがついた。まったく、そんなに人の悩みを笑いたいのだろうか。

敦彦は思いきってベンツを路肩に停めた。少しばかり真剣に、彼女と話をしてみようと思った。言い逃れようとしたところで、どうせつむじを曲げられるだけだ。

「実はこの前、ボーナスをもらったんです」

フロントガラスの向こうにひろがる田園の風景を眺めながら言った。

「へー、よかったじゃない」

「百万円ですよ」

「会社、業績いいみたいだものね」

「働きはじめてひと月ちょっと、しかも奥さんの運転手をしているだけで、給料とは別に百万円……おかしくないですか？」

バックミラー越しに、佐保の表情をうかがった。予想に違《たが》わず、眼を輝かせてニヤニヤ笑っていた。

「奥さんが進言してくれたんですよね？」

言葉は返ってこない。

「よくやってくれてるから待遇《たいぐう》よくしてやってくれって、社長に……どういうことなんです？　運転手の仕事は過不足なくやってるつもりですけど、百万円もらえるほどのことはしてないっていうか……」

佐保は黙っている。ただ、敦彦が苦しげに心情を吐露《ど ろ》するのを、口許に笑みを浮かべて聞いているだけだ。

「セックスですか？」

衝動的に言ってしまった。

「あのときの口止め料というか、あるいはご褒美……」

背後から伝わってくる気配が、にわかに重苦しいものとなった。恐るおそるバックミラーを確認すると、佐保の眼が据わっていた。

「すいません。言葉が過ぎたなら謝《あやま》ります」

あわてて言った。

「でも僕、なんかついていけなくて焦ってるんです。家族も会社も籠瀬の街も、いや、いまや日本中が金の話ばっかりでしょう？　それが実力に見合ったものだったり、汗水垂らして働いた結果だったらいいんですけど、株とか土地とか……そういうのって要するに不労所得なわけじゃないですか？」

佐保はガサゴソとバッグを探りながら、

「電話かけて」

冷ややかな声で言った。バッグからアドレス帳を出して開いた。

「どこにかけるんです？」

「ゴルフクラブ振る気分じゃなくなっちゃったのよ。今日はレッスン休むから、そう言ってちょうだい。番号は……」

敦彦はあわてて自動車電話を取ると、佐保の言った番号をプッシュした。


山の方に行って、と佐保は言った。

日本海に面している籠瀬市は、平地の面積が狭く、山地が多い。海を背にしてクルマで三十分も走れば、どこかしらの山にのぼっていく。

佐保が指示した道を、ベンツで走った。曲がりくねったそのワインディングロードは、敦彦もよく知っていた。なにもないところなのだが、上に行くほど眺望がよく、子供のころ父がドライブに連れてきてくれる定番コースだった。

ゴルフを休んでドライブか……。

お姫様の気まぐれに溜息がもれそうだったが、気まぐれを起こさせた責任は、間違いなく敦彦にあった。ずいぶんとよけいなことを言ってしまった。腹の中に溜めこんだものを吐きだしたくてしかたなかったのだろうが、吐きだす相手を間違えた。これからこっぴどくやり返されるに違いない。

「えっ……」

目の前におかしなものが現れたので、敦彦は焦った。行く手の山の稜線から、巨大な白い物体が出てきたのだ。

一瞬、眼の錯覚かと思った。光が差しているのかと……しかし、前に進めば進むほどそれは大きくなっていき、やがて正体をあきらかにした。

仏像だった。純白の弥勒菩薩《みろくぼさつ》だ。大げさではなく一〇〇メートルくらいありそうで、見ていると遠近感がおかしくなりそうだった。なにもないこんな山の中に、いつの間にこんなものができたのだろう。昔はなかったはずだ。子供のころのドライブの記憶に、弥勒菩薩なんて残っていない。

「あの人がつくったのよ」

後部座席で佐保が言った。

「えっ？　社長ですか？」

「そう。いまはまだ仏像しかできてないけど、いずれお堂もつくって参拝できるようにするんですって。仏教のテーマパークなんてまわりには言ってるけど、本当は新興宗教を始めるつもり。教祖様になりたいのよ、あの人」

敦彦はベンツを停めた。佐保の話に驚いたからではなかった。いや、話にも驚いたが、それを凌駕《りょうが》する衝撃があった。

弥勒菩薩の横顔が、佐保にそっくりだったのだ。仏様なのに、震えるほどの気品があった。宗教的な慈愛よりも、美しさに眼を奪われてしまう。にもかかわらず、じっと見ているとなんだか怖くなってくる。

孤独、という言葉が脳裏をかすめていった。その弥勒菩薩は常軌《じょうき》を逸《いっ》した巨大さによって、そして光り輝く絶世の美しさによって、世界から切り離されていた。ひとりぼっちの哀しみと怒りを、否応なく見るものに突きつけてくるのだ。

「いつ見ても下品な仏像ね」

佐保が吐き捨てるように言った。

「もはや仏教に対する冒瀆《ぼうとく》じゃないかしら。もうちょっとあなたに見物させてあげるつもりだったけど、やっぱりやめましょう。気分が悪くなってきちゃった。Uターンしてちょうだい」

敦彦はアクセルを踏みこんだ。体の震えがとまらなかった。馬淵社長と佐保の関係が、敦彦にはいまひとつわかっていなかった。察しがつくのは、愛しあって一緒になった夫婦ではなさそうだ、ということだけだ。佐保は敦彦を平気で誘惑してきたし、社長にしたって……おそらく、グランドマブチのスイートルームで成功者の特権を謳《おう》歌《か》しているのだろう。

だが、一〇〇メートルもある弥勒菩薩をつくるほど、社長は佐保に対して深い思いを抱《いだ》いている。思いの内容まではわからないにしろ、尋常なエネルギーではない。どれだけ金をもっていたとしても、普通の人間には絶対に真似《まね》できない。

愛なのだろうか？

愛と言うには、あまりにも異形《いぎょう》すぎるのではないだろうか？

4

ベンツでワインディングロードをくだっていった。運転に集中しつつも、敦彦の頭からは純白の弥勒菩薩が離れなかった。

「そこ曲がって」

ふもとの手前で佐保が言ったので、えっ？　と思った。知らない道だったし、街に向かう方角でもない。それでも、飼い主がリードを引っぱっているのだから、忠犬は従わないわけにいかなかった。しばらく走ると、またおかしなものが見えてきた。

お城である。

ただ、先ほどの弥勒菩薩とは違い、いかにもハリボテな天守閣だった。五階建てくらいはあるから近くで見るとそれなりに迫力があるものの、城そのものではなく、城を稚拙《ちせつ》に模した珍妙な建物であることはひと目でわかる。

敦彦はそれがなんであるか知っていた。似たようなものを他で見たことがあった。ラブホテルだ。この土地の人間なら誰だって知っている。「お城」というのがラブホテルの隠語になっているくらいなのだ。

　だから、

「そこに入って」

　と佐保が言ったのには驚いてしまった。セックスに対する緊張感と同時に、それにしてもなぜここなのかという疑問が頭の中で渦《うず》を巻いた。

　昔からあるラブホテルなので、失笑を誘うハリボテ感があるだけではなく、とにかく古い。壁がところどころ剝《は》がれたり、看板がガムテープで補修されていたりする。となれば、室内の様子も推して知るべしで、こんなところを利用するのは、デートの途中で辛抱たまらなくなった発情期のカップルか、昔を懐かしむお年寄りくらいのものだろう。

「本当に入るんですか？」

　敦彦は門のところでベンツを停めた。

「本当に入るのよ」

「いや、でも……」

「社会科見学。ううん、社史のお勉強かしら」

「はっ？」

「だってここ、馬渕がオーナーなのよ」

敦彦は息を呑んだ。そんな話は初めて聞いた。

「いまは立派な実業家ぶってるけど、あの人はもともとラブホテル事業で頭角を現したの。こういう古くて下品なラブホテルをいくつも買いとって、売春婦なんかを出入りさせてね。ほら、早く入って」

佐保に急《せ》かされ、敦彦はしかたなくベンツをホテルの駐車場に入れた。佐保の舌鋒鋭さに、いやそこで語られた社長の裏の顔に、鼓動が乱れてしかたがなかった。

平日の午後二時過ぎにもかかわらず、駐車場はいっぱいだった。こんなところで誰かと鉢合《はちあ》わせになったら大変なことになる。平然としている佐保とは対照的に、敦彦は震えながら建物に入っていった。

空いていたのは一室だけだった。いちばん料金の高い部屋で、佐保がそっぽを向いているので敦彦が財布を出すしかなかったが、そんなことを気にしている場合ではなかった。手元だけが見える受付で金と鍵を交換し、急いでエレベーターに乗りこんだ。

室内に一歩足を踏みこんだ瞬間、唖然とさせられた。三メートルはゆうに超える木造の和船が置かれていたからだ。その上がベッドになっている。

お城ホテルだけあって、お殿様が舟遊びの途中でお戯《たわむ》れ、という演出なのかもしれない。だが、天井からはシャンデリアがぶらさがっていた。ソファはギラついたワインレッドで、冷蔵庫は金色。壁の至るところが鏡張りになっていて、大人のオモチャの自動販売機が原色のライトをチカチカ光らせていた。なにもかもやりすぎで、呆れるほど過剰であり、まるで肉欲をテーマにした曼荼羅《まんだら》の中に入りこんでしまったかのようだ。

「初めて入ったけど、すごいところねえ……」

佐保が鼻で笑う。

「馬淵が力を得れば得るほど、籠瀬はこのラブホテルみたいに下品になっていくんでしょう。美しい自然も大事にしていた伝統も片っ端から壊《こわ》して、欲にまみれた金の亡者だけが跋扈《ばっこ》するようになる。ずる剝けの欲望を恥とも思わず、こんな恥知らずなところで淫らな汗をかくのよ……」

佐保はワインレッドのソファに腰をおろした。隣に座るわけにもいかず、敦彦は立ったままだった。

佐保はスニーカーを脱ぐと、白いハイソックスをくるくると丸めて爪先から抜いた。よほど素足が好きらしい。また足を舐めろと言われるのではないかと、敦彦は身構えた。

「喉が渇いた」

佐保が言ったので、敦彦は金色の冷蔵庫を開けた。

「コーラかオレンジジュースかスポーツドリンクか……」

「ビールないの？」

「……ありますけど」

まだ昼間ですよ、という言葉を呑みこんで缶ビールを渡す。佐保はプルタブを開けて飲んだ。白い喉が小刻みに動くのが、異様にエロティックだった。敦彦もビールが飲みたかったが、クルマの運転があるのでコーラにした。甘ったるさに閉口し、水道の水でも飲んだほうがマシだったと後悔した。

「わたしはね……三人きょうだいの末っ子で、ひとり娘なの。だからかしら、極端なファザコンだった……」

ビールで酔ったわけでもなさそうなのに、佐保は遠い眼をして問わず語りに話しはじめた。

「生真面目で折り目正しくて、とっても穏やかな父のことが、わたしは大好きだった。祖父や曾祖父ほど実力はなくても、しっかり家業の病院を受け継いで、誠実に生きていたのに……馬淵と知りあった途端に、人間が変わってしまった。あの人はうまいこと言ってうちの蔵を開けさせて、先祖代々の家宝を……美術品や骨董品《こっとうひん》を売りさばいたの。びっくりするような高い値段でね。病院を経営してるっていったって、わたしたちはそれほど派手な暮らしをしていたわけじゃない。貧乏でもなかったけど、贅沢《ぜいたく》を軽蔑しているところがあったの。腕時計ひとつとっても、父は祖父から受け継いだものを何度も修理しながら大切に使っていた。それがいきなり金無垢《きんむく》のロレックスになって、トヨタがベンツやジャガーになって、見てくれだけは豪華絢爛《ごうかけんらん》な新建材の家を建てたりして、どんどん下品にまみれていったの……」

ふうっ、と哀しげに溜息をつく。佐保ははっきり言わなかったが、彼女は旧藩主の血筋らしい。蔵にはたいそうな財宝が眠っていたことだろう。

「質問してもいいですか？」

敦彦は恐るおそる声をかけた。佐保はぼんやりしたまま黙っている。怒られるかもしれないが、どうしても訊ねてみたいことがあった。

「不本意な結婚、だったわけですか？」

敦彦の脳裏にはまだ、先ほど見た純白の弥勒菩薩が焼きついたままだった。あの巨大な仏像に込められた社長の思いとは、いったいなんなのか。

社長は籠瀬の人間ではなく、たしか関西の出身だったはずだ。この土地でカリスマとして君臨するために、血筋のいい妻が必要だったのかもしれない。だとしたら、佐保が気の毒だった。彼女は人間であり、美術品ではない。

「不本意な結婚……どうかしら？」

佐保は曖昧に首をかしげた。

「父に言われるままに嫁入りしたのは事実だけど、逆に興味もあった。あの誠実な父を狂わせた男に……でも、いまとなってはもうよくわからない。父だけじゃなくて、みんな狂ってるもの。馬淵の口車に乗せられて、金の亡者がそこらじゅうにわらわら涌《わ》いてる……」

「でも、社長はべつに悪いことはしてないっていうか……みんながお金持ちになるのはいいことじゃないですか？」

「ふうん」

佐保は失笑しながら立ちあがった。こわばっている敦彦の顔を、間近からまじまじと眺めてきた。からかうように……。

「そんなことより、せっかくこんなところにいるんだから、わたしたちも淫らな汗をかきましょうよ」

「セックスするんですか？」

敦彦は泣き笑いのような顔になった。とてもそんな気分ではなかった。いまほど語られた佐保の社長への思いは、戦慄を誘うものだった。自分の夫に対するあからさまな侮蔑《ぶべつ》、いや、言葉の端々に憎悪《ぞうお》さえ感じとれた。

警戒せずにはいられなかった。この前は勢いでやってしまったけれど、これ以上深入りするのは、どう考えても危険だった。すでに危険地帯に足を踏み入れているけれど、引き返すならいましかない。

スパーンッ、と頬を張られた。

「なっ、なにをするんですか……」

敦彦が頬を押さえると、

「あなた、わたしに服従を誓ったんじゃないの？」

佐保が据わった眼つきで睨んできた。

「どうなのよ？　答えなさい」

「……誓いました」

「どうやって誓ったの？　言ってごらん」

「お尻の穴に……キスを……」

「そんな恥ずかしいことまでしておいて、服従を反故《ほご》にするわけ？」

「そっ、そういうわけでは……」

「だったら黙って裸になればいいのよ」

敦彦は言葉を返せなかった。抵抗する気力も潰《つい》えていた。頰を張られるのが怖かったわけではない。激怒している佐保に、魅《み》せられてしまったからだ。

美人は怒るとますます美しい。怒られたほうは、その美しさが支配する世界に取りこまれてしまう。佐保が金の亡者をせせら笑う理由がよくわかった。彼女はこう言いたいに違いない。美しさこそが正義であり、秩序なのだと。

覚悟を決めた敦彦がスーツの上着を脱ぐと、

「待って」

佐保が制してきた。どういうわけか、眼が爛々《らんらん》と輝いていた。

「この前はあなたが先に裸になったから、今度はわたしが先に裸になる」

サンバイザーを取って、ソファに投げた。ポニーテイルから髪留めをはずし、背中まである長い黒髪をおろした。髪をおろしたところを初めて見たが、量が多くてつやつやと輝き、いつもより何倍も女らしくなった。

それから、ピンクのカーディガンを脱いだ。パステルブルーのポロシャツの裾をまくり、頭から抜いていく様子を、敦彦は固唾《かたず》を呑んで見守っていた。ブラジャーはベージュだった。

その色の下着を、敦彦は好きではなかった。夏希がベージュの下着を着けているとがっかりするし、おばさんくさいと嫌味を言う。

だが、佐保の場合は全然違った。人妻の濃厚な色香だけが、生々しく漂ってきた。白いミニスカートを脱ぐと、ベージュのパンティが股間にぴっちりと食いこんでいた。ただのベージュではないようだった。ベージュはベージュでも、素材に光沢があって高級感がある。こんもりと盛りあがった恥丘のあたりは、とくにテラテラと……。

「こういうホテルって、売春婦を呼べるのよね？」

口調は相変わらず強気でも、眼の下が赤く染まっていた。自分だけ下着姿になり、さすがに恥ずかしいのだろう。

「あなた、売春婦と遊んだことある？」

敦彦は首を横に振った。

「そんなお金ありませんよ……」

「ボーナス百万円もらったんでしょ？　いまなら遊べるじゃない」

「……なにが言いたいんですか？」

「頭悪いわね。もし売春婦を呼んだとして、その売春婦がわたしだったとしたら、どんなことがしてみたい？」

首をかしげるしかなかった。

「想像力を働かせなさいよ。お金で買った女なのよ。どんなことをしてもかまわないの。どんなことしたい？　いちばんいやらしいやつを言ってみて」

佐保の眼の輝きは、増していく一方だった。

敦彦は答えに窮した。佐保にしてもらいたいことなら、いくらだって並べることができる。まずじっくり裸が見たかった。それからベッドに押し倒して乳房を揉み、クンニリングスであえがせて、今度は正常位で繋がりたい。

だが、そんな凡庸《ぼんよう》な答えで、彼女が納得するわけがなかった。それはわかるのだが、いまの敦彦に想像力を働かせる余裕などなかった。ベージュの下着姿になった佐保が間近にいるだけで、眩暈に襲われるくらい興奮していた。ズボンの前がふくらんでいるのを誤魔化《ごまか》すことができないほど、イチモツは勢いよく勃起して、熱い脈動を刻んでいる。

「つまらない男ね。なんにも思いつかないの？」

佐保が唇を尖らせて背中に両手をまわす。ホックをはずし、ブラジャーを放り投げてしまう。

敦彦は叫び声をあげてしまいそうになった。いつも着物の下に隠されているふたつの胸のふくらみが、露わになっていた。巨乳というわけではないが、とにかく丸くて、立体感がすごい。たわわに実った果実のようだ。しかも、乳首のついている位置が高いから、ツンと上を向いているように見える。

乳首は淡い桜色だった。もうすぐ三十歳なのに、驚くほど清らかな色をしている。

アヌスだって薄紅色だから、色素沈着がしにくい体質なのかもしれない。その乳首が勃《た》っていた。物欲しげに、ピンと鋭く……。

「わたしだったらね……」

尖った乳首を揺らしながら、佐保が言った。

「わたしが売春婦を買ったとしたら、こう言うわね……」

敦彦はまばたきも呼吸もできなかった。尖った乳首を露わにしてギラギラと眼を輝かせている佐保の迫力に、圧倒されていた。興奮しすぎて立っているのがつらく、もう少しでしゃがみこんでしまいそうだった。

「おまえは金で買われた女なんだから……」

佐保は男を真似た低い口調で言った。

「どんな恥知らずなことでもできるんだろう？　ひとりでするところ、見せてみろよ」

唖然としている敦彦を尻目に、佐保は口の端に不敵な笑みを浮かべ、船の上に続く階段をのぼっていった。

5

船の上のベッドは、床から一メートル以上高いところに設置されていた。下から見上げると、まるでステージのようだった。

佐保が枕元のスイッチをいじり、照明をディスコのような回転式のものにしたので、ますますその印象は強まった。

ベッドの真ん中で、佐保はすっくと立ちあがった。くるくるとまわる原色のライトに照らされた素肌はどこまでも白く、薄闇の中にいるのに光り輝いて見える。

そっくりだった。

先ほど見た、弥勒菩薩に……。

しかし佐保は、仏様ならやるはずのないことを始めたのだった。両手の人差し指を立て、それで乳首をいじりだした。

「ああっ……」

声をもらしても、表情は険《けわ》しいままだった。まるで挑むように敦彦を見下ろしながら、コチョコチョ、コチョコチョ、と左右の乳首をくすぐりまわす。

佐保の乳首は、まるで彼女自身のようだった。丸々とした隆起の頂点で尖った姿は凛として、孤高の美しさを伝えてくる。淡い桜色の色艶はどこまでも清らかなのに、その外見からは想像もつかないほど敏感で、深い欲望を孕《はら》み、鋭く尖っていくのをやめようとしない。

敦彦は動けなかった。いいことだとは思わなかった。どんな気まぐれか知らないが、佐保はみずから恥をかこうとしている。それを放置しておくことが、男のすることなのだろうか。たとえ怒られても、頬を張られたとしても、むしゃぶりついていって押し倒すべきではないのか。佐保をひとりにしてはいけない。それはわかっているのだが、金縛りに遭ったように体が動かない。

「くぅうっ……」

佐保は左手で乳首をいじりながら、右手で股間を覆《おお》った。まだベージュのパンティを穿いたままだったが、中指が正確に性感帯をとらえたようだった。にわかに表情が変わった。眼尻を垂らした情けない顔つきになり、双頬も徐々に赤く染まりはじめている。

「いっ、いやっ……」

恥ずかしそうに身をよじりながらも、欲情は隠しきれなかった。右手の中指はパンティ越しに割れ目をなぞっているようだし、左手は乳首をつまんでいた。指と指の間でくにくにと押しつぶしては、爪を使ってくすぐった。左手の人差し指を口に咥えると、妖艶な眼つきで敦彦を挑発しながらしゃぶりまわし、たっぷりと唾液をまとわせて乳首を転がしはじめた。

「あああっ……はぁあああっ……」

立ったままのけぞって、白い喉を突きだした。右手がパンティの中に入っていた。花びらやクリトリスを直接いじりはじめたのだ。ベージュのパンティの中で、右手が動いていた。無意識にだろう、それまで真っ直ぐに揃っていた両脚が、ガニ股に開いていく。

敦彦はいよいよ、見てはならないものを見ている気がしてきた。これ以上、佐保に醜態をさらしてほしくなかった。彼女が気高《けだか》い絶世の美女なら、忠犬でいることもできる。だが、ガニ股で自慰《じい》はダメだ。美しくもなんともなく、その姿はただただいやらしい。

「あのうっ！」

　もうやめてください、と言おうとした瞬間だった。

「ちょっとっ！」

ほぼ同時に、佐保も声をあげた。

「それ買ってちょうだい」

彼女の左手が指差したのは、大人のオモチャの自動販売機だった。原色のライトがチカチカと点滅し、ガラスの奥にヴァイブやローターが並んでいる。

「……冗談ですよね？」

敦彦はたぶん、いまにも泣きだしそうな顔をしていたはずだ。

「わたしは冗談なんか言ったことないって、前に教えなかった？　ヴァイブを買ってちょうだい。いちばん大きいやつ。いますぐ！」

敦彦は呆然としながら、ふらふらと大人のオモチャの自動販売機に近づいていった。札を入れ、いちばん大きなヴァイブを買った。黒光りするシリコンの、イボイボがたくさんついたやつだったが、判断力を失っていたらしい。いくらなんでも大きすぎる。

「箱から出して、持ってきて」

もはや糸で操《あやつ》られるマリオネットのように、敦彦は命令に従うことしかできなかった。箱から取りだしたヴァイブは女の細腕くらいはありそうで、たいていの男が自信を喪失しそうな長大なサイズだった。

船にのぼる階段を、一歩一歩ゆっくりと踏みしめた。両膝がガクガク震え、踏みはずさないのが奇跡に思えた。

「はい、ご褒美」

左手でヴァイブを受けとった佐保は、右手の指を伸ばして敦彦の鼻先に差しだしてきた。いまのいままで、パンティの中にあった手だ。

中指が濡れていた。発情の証左である強い匂いが鼻先で揺らぎ、敦彦は卒倒《そっとう》しそうになった。卒倒できれば、どれだけよかっただろう……。

「そこで見てなさい」

「えっ……」

「匂いを嗅《か》いでわかったでしょう？　わたしもう、びしょびしょのぐしょぐしょなのよ。立ってられないくらい欲情してるの。そろそろ横になるから、下に行ったらわたしのこと見えなくなっちゃうでしょ」

敦彦は苦りきった顔になった。たしかにそうかもしれないが、どうして見なければならないのだろう。いや、佐保はなぜ、恥をかく自分を見せつけてくるのか。飼い犬が相手なら、なにをやっても平気なのか。どれだけ汚濁《おだく》にまみれても、魂《たましい》は純潔なままなのか。

手すりをつかみ、なんとか足を踏ん張っている敦彦をよそに、佐保はパンティを脱ぎはじめた。黒い草むらが見えた。美形な顔立ち、小柄な背丈、女らしい丸みが美しすぎる乳房や尻からは、想像もつかないくらいの剛毛だった。

面積の広い逆三角に、びっしりと生えていた。縮れが少なく、毛に艶があるせいで、よけいに濃密に見えるのかもしれない。

とにかく獣じみていた。野性的と言ってもいい。佐保という女の本性がそこに隠されていたかのように、敦彦には感じられた。

佐保はまだ立ったままだった。チラチラと敦彦を見ながら、ヴァイブを口唇に咥えこもうとした。挿入《そうにゅう》のために唾液をつけたかったらしいが、そもそも小さな口を精いっぱい開いても、先端すら咥えこめなかった。佐保は眉根を寄せ、鼻奥でうぐうぐ言いながら、必死になって呑みこもうとする。息苦しさから涙眼になり、小鼻が真っ赤に染まっていく。

「もうやめてくださいっ！」

敦彦は叫んだ。

「そんな大きいもの入りませんよ……こっ、壊れちゃいます」

佐保は口唇からヴァイブを離すと、ポカンとした顔を向けてきた。

「なによ？　なんであなたが泣いてるの？」

口許だけで冷ややかに笑う。

敦彦はたしかに、涙を流していた。握り拳で、それを拭いながら言った。

「もう見ていられないんですよ。欲情してるなら、僕がお相手をします。なんでも言う通りに……やれっていうこと全部やりますから……だから……」

「ふうん」

佐保が笑った。珍しく、細めた眼までが笑っていた。

「それは素敵な申し出だけど、わたしはね、一度始めたことを途中でやめるような女じゃないんだな」

その場に腰をおろした。体育のときの三角座りのような格好で、両膝を揃えて座ったが、その両膝はすぐに左右に分かれていった。M字開脚だ。もちろん、敦彦に体の正面を向けて……。

「いい眺め？」

長い黒髪をかきあげながら不敵にささやいても、佐保の表情は羞恥色《しゅうちいろ》に染まっていた。眼の下を赤くし、瞳が不安げに泳いでいる。

「なんでもするって言うなら、視線で犯すくらいのことしてみなさい。涙なんか流してないで、涎《よだれ》でも垂らしたらどうなの？」

草むらが濃すぎて、佐保の花はすべてが見えていたわけではなかった。アーモンドピンクの花びらが、黒々とした剛毛の奥でひっそりと棲息《せいそく》していた。

「ほら、わたしだって……」

佐保の右手が、剛毛を梳《す》いた。人差し指と中指が、花びらの両脇に添えられたようだった。逆Vサインの形に指を開くと、割れ目がぱっくりと開かれ、薄桃色の粘膜が見えた。薔薇《ばら》の蕾《つぼみ》のように肉ひだが渦を巻き、あふれた蜜でつやつやと濡れ光っていた。

「わたしだって涎垂らしてるでしょ？　最低よね。こんな下品なラブホテルで、オナニーしてびしょびしょになってるのよ」

佐保は股間から右手を離し、黒いヴァイブをつかんだ。

「上の口には入らなくても、下の口なら……」

濡れた花園に先端をあてがい、挿入しようとした。入らなかった。見るからに、入るわけがないというサイズなのだ。鼻の穴に握り拳が入らないように、絶対無理だ。

それでも佐保は必死に入れようとする。息をとめ、顔を真っ赤にして、巨大なヴァイブを股間で咥えこもうとする。

「すっ、すごい大きい……あなたなんて比べものにならない……こんなの、入れただけでイッちゃいそうっ……あああっ……」

あえぐふりをしてみても、先端すら入らない。亀頭をかたどった部分の半分くらいがかろうじて埋《う》まり、花びらを無理に押しひろげているだけだ。M字に開脚された内腿がひきつり、小刻みに震えているのは快感のためではなく、入らなくて焦っているせいに違いない。

「いい加減にしてくださいっ！」

敦彦は叫び、佐保の手からヴァイブを奪いとった。船の下の床に叩きつけると、佐保をベッドに押し倒して、真上から睨みつけた。

「……なによ？」

佐保が睨み返してくる。

「誰がこんなことしていいって言った？　断りもなしにわたしの体に触らないでちょう……ぅんんっ！」

うるさい口をキスで塞いだ。佐保はいやいやと首を振って逃れようとしたが、敦彦は逃さなかった。佐保の口の中に舌を差しこみ、乱暴に掻き混ぜた。小さくてつるつるした舌をつかまえると、思いきり吸いたて、しゃぶりまわし、呼吸をさせずに翻弄《ほんろう》していく。

だが、佐保は力ずくで男に手込めにされるような女ではなかった。ガキッと音がした。敦彦は間一髪で唇を離したが、嚙《か》みつこうとしたのだ。完全に本気だった。総毛を逆立《さかだ》てた猫のような眼で、ふーふー言いながら睨んでくる。

まったく、凶暴なお姫様だった。しかし、だからと言って一度振りあげた拳をおろすなんて、男としてできるはずがない。

敦彦は佐保の脚の方に移動した。両脚を大きくひろげて、背中を丸めこんでいった。

でんぐり返しの途中の体勢で、逆さまに押さえこむ——当時そんな言葉はなかったと思うが、いわゆるマングり返しである。

「いっ、いやあああっ……」

世にも恥ずかしい格好で押さえこまれた佐保は、瞳を凍《こお》りつかせた。両手両脚を振りまわして、ジタバタと暴れた。しかし、小柄な彼女を押さえこむのは難しいことではなかった。敦彦は、佐保の両脚を両肘《りょうひじ》で押さえつつ、左右の細い手首をがっちりつかんだ。

これでもう、彼女は手も足も出ない。逆さまで女の恥部という恥部をさらけだしている、無防備な状態である。

「ゆっ、許さないからね……」

佐保が唸《うな》りながら睨んでくる。だが先ほどまでの眼光の鋭さはすでになく、声はか細く震えていた。

「わたしにこんなことして……あううっ！」

敦彦の舌先は、正確にクリトリスをとらえていた。完全にまぐれだった。なにしろ草むらが濃いので、密林で金鉱を探すようなものなのだ。しかし、まぐれでもなんでも、一度見つけてしまえばもう見失うことはない。陰毛の深く茂った奥でツンと尖っている肉の芽を、ねちねち、ねちねち、と舐め転がす。

「ああっ、いやあっ……あああっ、いやあああっ……」

佐保は必死に身をよじったが、マンぐり返しに押さえこまれていては、逃れる術《すべ》などありはしない。ねちねち、ねちねち、と舐め転がすほどに、新鮮な蜜がこんこんとあふれてくる。彼女の体は自慰で火がついている。男の舌の動きが、いつもより何倍も気持ちよく感じられるはずだ。

6

佐保は何度もイキそうになった。

自慰で興奮していたところに、執拗なクンニリングスを受ければ、誰だってそうなるに決まっている。そして、一度激しくイカせてやれば、どんなじゃじゃ馬だってしおらしくなる。

だがやはり、佐保は並みの女ではなかった。

「イキそうですか？　イッちゃいそうですか？」

　敦彦が勝ち誇ったようにささやいても、

「こっ、こんなことされれば、女は誰だってイクんですっ……勝手にイカせればいいっ……そんなことしたって、わたしはちっとも負けた気にならないっ……飼い犬に噛みつかれたと思うだけ」

　親の敵《かたき》でも睨むような眼つきで睨んでくる。

　ならば、と敦彦は作戦を変えた。激しくイカせるのではなく、徹底的に焦らしてやることにした。

　佐保は最初、なにをされているのかわかっていないようだった。ねちねち、ねちねち、とクリトリスを舐め転がされ、興奮に肥厚《ひこう》しきった花びらをしゃぶりまわされ、肉穴にまで舌を差しこまれて、もうダメだ、イッてしまうと諦めかけたところで、すうっと愛撫が引いていくのだ。

　いくら虚勢を張ったところで、強引にイカされるのは女の恥だろう。佐保もなるべくなら避けたいはずで、一瞬安堵《あんど》の溜息をつくが、愛撫が再開されれば、巧《たく》みに仕掛けられた罠《わな》の深さに戦慄するしかない。

成熟した人妻の体は、絶頂を求めて悲鳴をあげはじめる。性欲は本能だ。イキたくてもイケない生殺《なまごろ》しは、飢餓《きが》状態や徹夜の連続に匹敵《ひってき》する。絶頂欲しさに頭がぼんやりし、意地を張っているのが馬鹿馬鹿しくなってくる。自分のちっぽけなプライドより、目の前にぶらさがっているエクスタシーのほうがはるかに大きく感じられてくる。

そんなことを、すでに一時間近く繰り返していた。軽く十回は、絶頂を寸前で奪ってやった。

もどかしさに悶絶《もんぜつ》している佐保の顔は汗にまみれて生々しいピンク色に染まり、くしゃくしゃに歪んでいた。敦彦の顔は、佐保が漏らした蜜にまみれ、彼女以上にテラテラと輝いているはずだ。あれほどふっさりと茂っていた草むらも、蜜を浴びすぎて海草のように恥丘に張りついている。

そろそろ頃合いだろうと、

「イキたいですか?」

敦彦はニヤリと笑いかけた。

「イカせてくださいってお願いしたら、イカせてあげてもいいですけど」

てっきり泣いてお願いしてくるのかと思っていたが、

「誰が……」

佐保は声を震わせ、次の瞬間、信じられないことをした。

自分の唇を思いきり嚙んだのだ。真っ赤な鮮血が、頰を伝った。敦彦は驚愕《きょうがく》し、舌を使うことができなくなった。唇を嚙んだことだけに驚いたのではなかった。口のまわりを血まみれにしても、佐保は美しかった。美しいという言葉は、いまこのときの彼女のためにあるのではないか、と思ったほどだった。

この人には敵《かな》わない……。

毒気を抜かれ、敦彦は尻餅をついた。マングリ返しの体勢が崩れ、佐保は肩で息をした。しばらくして立ちあがった。生まれたての小鹿のようにふらふらしながら、けれども瞳には強い光を宿していた。

「裸になりなさい」

敦彦は力なく佐保を見上げた。人ではない、ただ美しいだけの存在がそこにいると思った。

「唇、大丈夫ですか？」

敦彦の言葉を、佐保はきっぱりと無視した。

「あなたがヴァイブを捨てたんだから、ヴァイブのかわりをしなさいよね。ほら、早く」

命じられるままに敦彦は裸になり、あお向けに横たわった。そそり勃っている男根を、佐保は足指でいじってきた。足の甲が睾丸にぴったりと押しあてられると、敦彦の顔は思いきりこわばった。ふうふうと呼吸を荒げながら、眼を見開いて佐保を見上げた。服従を誓った相手をマングり返しで辱《はずかし》めたのだ。思いきり蹴りあげられても文句は言えない。

しかし、佐保は蹴ってこなかった。敦彦の腰にまたがってきた。両脚をM字に開いた蹲踞《そんきょ》の格好で、勃起しきった男根の切っ先を、剛毛の奥に導いていった。濡れた花びらと亀頭がヌルリとすべると、お互いに息を呑んだ。

「賭けをしましょうよ」

敦彦は言葉を返せなかった。あられもない格好で結合しようとしている佐保の姿に見とれていた。見れば見るほど、男根が硬くなっていった。

「先にイッたほうが負けね。あなたが勝ったら、ひとつだけなんでも言うことをきいてあげる……んんっ！」

佐保の顔が歪んだ。先端を咥えこんだからだった。

「まっ、負けたらどうなるんですか？」

敦彦の顔も歪んでいた。佐保が股間を上下させ、亀頭を刺激してきたからだ。割れ目を唇のように使い、亀頭をしゃぶりあげてくるような、卑猥すぎる腰使いだった。

「そうね……あなたはすでに、わたしに服従を誓ってるわけだし、甘いこと言ってられないわね。会社なんか辞めてもらって、本格的にうちで住みこみの使用人をやってもらおうかしら……」

途轍《とてつ》もなく不利な賭けだったが、敦彦は反論できなかった。すべての神経が、男根に集中していた。濡らしすぎた佐保の割れ目からはタラタラと絶え間なく蜜が垂れてきた。それが肉竿《にくさお》を伝う感触がいやらしすぎて息もできない。

「あなたが家にいたら、わたし我慢できなくなって、ベッドに誘っちゃうでしょうね。ひとつ屋根の下に馬淵がいるのに、毎日毎晩……わたし、本当にやるわよ。もうわかってるわよね？　わたしが冗談言わないって……」

言いながら、小刻みに股間を上下させる。大量の蜜を浴びて海草と化した陰毛の向こうに、アーモンドピンクの花びらがチラチラと見える。新鮮な蜜を垂らしながら、男根をしゃぶっている。カリのくびれの、敏感なところを……。

「しっ、使用人はっ……」

敦彦は涙ぐみながら言った。

「それだけは勘弁してくださいっ……」

「だったら、勝てばいいでしょ。出すの我慢すればいいだけなんだから、頑張りなさいよ。勝ったらなんでもやってあげるわよ。奴隷《どれい》みたいに鞭《むち》でぶってもいいし、足蹴にしたって許してあげる」

そんなことをしたいわけじゃないっ！　と敦彦は叫びたかった。

もしこの賭けに勝ったとしたら——この前の事後のときのように、甘え上手な彼女とラブラブなセックスがしたかった。こんなふうに、まるで決闘をしているような鎬《しのぎ》を削《けず》るセックスではなく、もっと愛がある……。

だが、そんなことが夢まぼろしにすぎないことがわかっているから、敦彦は涙ぐんでいるのだった。

勝てる気がしなかった。佐保のクリトリスは、ふやけるほど舐め転がしてやった。軽く十回は、絶頂寸前にまで追いこんだ。それでもなお、自分が不様《ぶざま》に負けるイメージしか浮かんでこない。

「やっぱり、ヴァイブより生身のオチンチンのほうが気持ちいいわね……」

佐保の股間が大きく上下に動く。男根の根元からカリのくびれまで、女の割れ目がヌルヌルとすべっていく。

「わたしはどう？　わたしのオマンコどんな感じ？　気持ちいいかな？　オマンコ気持ちいいかな？」

敦彦は絶句するしかなかった。いくら興奮しているとはいえ、佐保の口からそんな汚らしい言葉が出てくるとは思わなかった。

「どうなのよ？」

佐保は怒ったように頬をふくらませると、両脚を前に倒した。股間の上下運動を、前後運動にシフトした。

「どうなのよ？　わたしのオマンコ気持ちいいの？　そうでもないの？」

クイッ、クイッ、と股間をしゃくる腰使いは、まるでダンスを踊っているようだった。リズムに乗って、ふたつの胸のふくらみも揺れはずんだ。淡い桜色の乳首が、凶器のように尖っていた。もちろん、これほどエロティックなダンスが、この世にあるわけがなかった。

「きっ、気持ちいいですっ！」

敦彦は首に筋を浮かべて叫んだ。

「こ、こんなに気持ちいいの……はっ、初めてですっ！」

嘘ではなかった。佐保の蜜壷はよく濡れているのに締まりも抜群、そこまでは前回のセックスで知っていたが、今日は前回以上に興奮しているのか、中の様子がずいぶんと違った。

内側の肉ひだが、無数の蛭のようにざわめいて、吸いついてくる。あきらかに、単なる摩擦《まさつ》以上の快感がある。しかも、内壁にざらつきがあって、佐保はそこに亀頭にこすりつけるように腰を使ってくる。

「もっと言いなさい」

佐保を腰使いに熱を込めながら、両手を敦彦の胸に伸ばしてきた。乳首を爪でくすぐられた。乳首の快感が男根をひときわ硬くみなぎらせ、敦彦は女のような悲鳴をあげた。

「オッ、オマンコ気持ちいいですっ！」

「もっと！」

「さっ、佐保さんのオマンコ、最高ですっ！」

「なによ？」

佐保の濡れた瞳が輝いた。

「今日は奥さんじゃなくて、佐保さんなの？　急に名前なんか呼ぶから、興奮しちゃったじゃないのよ。オマンコ疼《うず》いてしょうがないじゃないのよ。はぁああああー っ！」

ぐいぐいと腰を使っては、佐保は半狂乱であえいだ。唇からは喜悦に歪んだ悲鳴を、蜜壺からは卑猥な肉ずれ音を撒《ま》き散らし、乱れに乱れた。

乱れるほどに、結合感は増していった。佐保の蜜壺は、すさまじく締まった。いや、すでに肉棒を肉穴に挿入しているという感覚さえ、曖昧になっていた。凸と凹が淫らに溶けあい、完全に一体化しているようだった。錯覚に違いないが、敦彦には蜜壺の味わっている快感さえ感じることができていた。

「ダッ、ダメですっ！　もうダメッ……」

いまにも泣きだしそうな顔で首を振った。

「もう出ますっ！　出ちゃいますっ！」

賭けに対して白旗をあげただけではなかった。敦彦は避妊具を着けていなかった。前回もそうだったが、バックでしているのなら自分のタイミングで膣外射精ができる。だが、いまは騎乗位。熱狂状態で腰を振りたてている佐保にどいてもらわなければ、人妻相手に事故を起こしてしまう。

「ねっ、ねえ、佐保さんっ……マジで出そうですっ……中で出ちゃいますっ……出ちゃいますよおおっ！」

佐保は聞く耳をもってくれなかった。小鼻を真っ赤にした淫らな顔を見せつけてくるだけで、いっこうにどいてくれる気配がない。

焦った敦彦は、両手を伸ばした。佐保の腰をつかみ、強引に結合をとこうとしたのだが、腰をつかむ前に両手首をつかまれた。まるでマングり返しのときの意趣返しだった。火事場の馬鹿力だろう、女の細腕のくせに恐るべき力で両手の自由を奪われた敦彦にはもう、事故を回避する術がなかった。

「わたしもイキそうだから、もうちょっと我慢しなさい」

佐保がハアハアと息をはずませる。股間をしゃくる腰の動きは、ますます卑猥になっていくばかりだ。

「一緒にイッたら引き分けでしょ。いま抜いたら、あなた本当にうちで使用人よ。毎日毎晩、わたしのオモチャにされるのよ」

「くっ、くううぅーっ！」

　敦彦はうめき声をあげてのけぞった。それならそれでかまわなかった。佐保の家で奴隷じみた使用人の生活を送ることが、途轍もなく甘美に思えた。いまこのとき、こみあげてくる衝動をこらえるより、何百倍も……。

「あああっ……イッ、イキそうっ！」

　佐保の顔がぎゅっと歪んだ。

「イッ、イッちゃうっ……ねえ、イッちゃうっ……イクイクイクイクイクッ……はっ、はぁあああぁーっ！」

　佐保が喉を突きだしてガクガクと腰を揺さぶる。彼女の体の痙攣が、結合した部分を通じて敦彦にも生々しく伝わってくる。性器と性器だけではなく、体と体が一体化し、ともに昇りつめていく歓喜に、敦彦の頭は真っ白になった。彼女の恍惚が、たしかに自分の恍惚だった。ならば自分の恍惚も、彼女に伝わっていてくれるのか。

「おおおっ、出るっ！　出るううううーっ！」

下半身で爆発が起こった。衝撃的な快感に耐えられず腰を跳ねあげると、バランスを崩した佐保が悲鳴をあげながら敦彦にしがみついてきた。敦彦も彼女にしがみついた。ドクンッ、ドクンッ、と射精するたびに、恍惚の閃光《せんこう》が行き来した。お互いに叫び声をあげながら身をよじりあい、しばらくの間、性器を繋げたまま致命傷を受けた二匹の獣のようにのたうちまわっていた。

初めての経験だった。

これが本物のセックスなら、いままで経験してきたものはすべて偽物に違いない
——そう思いながら、敦彦は意識が遠くなっていくのを感じていた。

第四章　木漏れ日に照らされて

1

海際の駐車場にベンツを停めた。

クルマをおりると、潮風が顔をなぶった。風の匂いにほんの少しだけ、冬の気配が混じっているような気がした。いやいやいや、食欲の秋はまだまだ続くとばかりに、浜焼きの香ばしい匂いが鼻先をよぎっていく。近くの食堂だろう。日曜日だから、家族連れで賑わっていそうである。

浜辺に続くコンクリートの階段に腰をおろし、群青色の海を眺めた。海の近くで育った敦彦だが、不思議と海に思い入れがない。そう思っていたが、やはり眺めていると気持ちが落ちつく。

空は雲ひとつなく晴れ渡り、けれども波は高く立っている。浜に押し寄せてくる白い波を、ぼんやりと眼で追う。寄せては返し、残滓《ざんし》が泡となって消えていく。泡が消えていくときに聞こえてくる音は、いつだってせつない。

今日はこれから、夏希と会うことになっていた。先週デートを中止にしてしまった埋め合わせをしなければならない。それは当然だと敦彦も思っているが、どうにも気持ちが高まらない。

ベンツでドライブや豪華ディナーで夏希の機嫌をとって、締めはセックス。西日のあたる四畳半ではなく、広々としたラブホテルのベッドで、思う存分いやらしいことをする……。

少しも心が躍らなかった。退屈、とまでは言わないが気が乗らない。半ば義務のような感じでデートやセックスに臨《のぞ》もうとしていることに、罪悪感さえ覚える。いくら取り繕《つくろ》ったところで、ふたりで食事をしたり、体を重ねれば、こちらの本心は伝わってしまうに違いない。

敦彦はこのところ、夏希のことを考える時間が激減していた。

佐保のことばかり考えている。

お城のホテルで佐保と分かちあった恍惚《こうこつ》は、特別なものだった。短絡的な快感を求めているだけのセックスとは違う、身も心も溶けあうようなひときだった。ふたつの炎がひとつの大炎となり、それが同時に燃え尽きるような、衝撃的な体験をした。

お互いの体にしがみつきあったふたりは、いつまでも余韻《よいん》の痙攣がおさまらず、放心状態に陥《おちい》った。意識を失いそうで失わないまさに夢心地の中、天国とはきっとこんなところに違いないと思ったりした。

とはいえ、ゆっくりと余韻の波が去っていくと、敦彦は我に返って青ざめなければならなかった。スキンを着けずに、中で射精してしまったのだ。相手は人妻、それも社長夫人。大変なことをしでかしたと、体中から血の気が引いていった。

「大丈夫よ」

佐保はクスクスと笑った。

「わたし、子供できないから」

その言葉をどんな顔をして聞いたのか、敦彦は思いだせない。

「それがわかっても、馬淵はわたしと別れなかったの。わたしの実家と切れたくなかったんでしょうけど……あてつけみたいに、あんなおかしな仏像つくったりして……同時に女としてのわたしに興味も失った……」

ショッキングな告白をしているにもかかわらず、佐保の口調は穏やかだった。表情はまだオルガスムスの余韻で蕩《とろ》けていた。つまり、事後の甘え上手な彼女に変身していた。腕枕をねだってきたので、敦彦は応えた。

「嫌いにならないでね」

「えっ？　子供ができないことが？」

「違うわよ。なんかほら、ビンタとかしちゃったし……」

恥ずかしげにもじもじしながら、体をこすりつけてくる。佐保の体はどこもかしこもしなやかで、乳房や太腿にはゴム鞠のような弾力がある。

「わたし興奮すると、ああなっちゃうみたい。あなたに出会って、初めてわかったんだけど……」

「ビンタくらいしたっていいですけど、血が出るほど唇を嚙むのは……二度とやめてください」

敦彦は佐保を抱き寄せ、口のまわりについた血を舌で拭った。汗で流れているところもあったが、こびりついてとれないところもある。嚙んだ唇は、紫色になって少し腫《は》れていた。手当をしたほうがいいかもしれない。

「医者に行ったほうが……」

「行かないわよ、こんなことくらいで」

佐保はふっと笑うと、そんなことよりキスをして、とばかりに舌を差しだしてきた。小さくてつるつるした舌に、敦彦は自分の舌をそっとからませていく。

「しばらく治らないほうが、嬉しいし」

「えっ？　唇の傷が？」

「しみたりすると思いだすでしょ。あなたにいじめられたこと」

「いや、べつに、いじめては……」

「絶対いじめてた。わたしにいやらしいおねだりさせようとした」

「結局、叶《かな》いませんでしたけどね」

敦彦は苦笑するしかなかった。

「でも、最後はあなたの勝ちじゃない」

佐保も笑う。

「わたし、負けちゃった。自分で賭けって言いだしたのに」

「一緒にイッたじゃないですか」

「ちょっとだけわたしのほうが早かった。そういうところ、ズルしたくないのよ。はい、なんでも言うこときいてあげる」

「べつにいいですよ……」

「どうして？」

「住みこみの使用人にされなかっただけで、助かりました」

「遠慮しないでなにか言いなさいよ。犬の真似でもしてあげましょうか」

佐保が四つん這いになろうとしたので、

「やめてください」

敦彦はあわてて抱きしめた。

「それじゃあ、もうちょっとだけこうしててください。こうやって、イチャイチャ……」

「えっ？　わたしたちイチャイチャしてる？」

「してるじゃないですか」

「そうか、こういうのをイチャイチャしてるっていうのか」

佐保はひとり合点《がてん》がいったようにうなずくと、敦彦の首に両手をまわし、唇を重ねてきた。見つめあいながら、音をたてて何度もキスをした。もっとイチャイチャしたい、と彼女の顔には書いてあった。


「……ふうっ」

潮風に吹かれながら、敦彦は深い溜息をついた。顔がひどく熱かった。あのやりとりを思いだすと、恥ずかしさに身をよじりたくなる。だが、いくら恥ずかしくても、記憶を反芻《はんすう》せずにはいられない。

事後の佐保は、本当に可愛らしい。甘え上手なだけではなく、世間知らずなお嬢様——たまらなく幸福な時間を与えてくれる。

夜までに帰宅すればいいと佐保が言ったので、その後三時間もお互い裸のままでまどろんでいた。二回戦に突入しようという気は、まったく起こらなかった。夏希が相手だと普通に二回戦、時には三回戦すらこなすのに、佐保が相手だと一度の射精で精も根も尽き果てる。そのかわり、精神的な満足感も深い。

できることなら……。

ああいう雰囲気でセックスを開始したかった。佐保とは二度、体を重ねた。しかし、二度とも荒ぶる佐保に引きずりまわされるだけ引きずりまわされ、自分の好きなように愛撫できなかった。

あの丸々とした美しい乳房を、じっくりと揉みしだきたかった。淡い桜色の乳首を、丁寧に舐めたり吸ったりしたかった。クンニリングスだって、バックからとかマングり返しではなく、もっとナチュラルにしてやりたい。そういう流れの中で、佐保が徐々に、陽を浴びたバターが溶けていくようにして欲情していく姿を見てみたい。

それは単なる夢想ではなく、切迫した欲望として、敦彦の中に根を下ろしていた。喉が渇いてしまうがないように、佐保の体に渇いていた。全身の細胞が、彼女の素肌に触れることを求めていた。

だが実際には、次の機会が訪れるのかどうかさえわからない。事後に甘い言葉ばかりを連ねる佐保も、次の約束だけは絶対に口にしない。そして翌日に顔を合わせれば、ろくに視線すら合わせてくれない彼女に戻っている。

つらかった。

人妻に恋をするのはこんなにもつらいものなのかと、眠れない夜に考えた。思い悩みながら、俺は恋をしていたのか、とハッと気づいた。最初は決して、そんなつもりではなかった。彼女の気まぐれに付き合うことで、会社に戻れるように便宜《べんぎ》を図ってもらおうなどと企《たくら》んでいたりした。

それが気がつけば恋に落ちていたのだった。恋とは決してふわふわした感情ではなく、切迫した欲望とセットであると思い知らされた。喉から手が出そうなくらい、佐保の素肌に触れたかった。裸になって体を重ね、腰を振りあいたかった。お互いにしがみつきあって、深く濃いエクスタシーを分かちあいたかった。

こんな気持ちのまま……。

夏希と会ったりして本当にいいのだろうか。

彼女は結婚を望んでいる。売れ残りのクリスマスケーキになる前に、美しい花嫁になることを夢見ている。

そんな夏希と、どんな顔をして会っていいのかわからなかった。罪悪感もあれば、自己嫌悪もあった。いっそのこと別れてしまえばいいのかもしれないが、そこまで性急に事を進めるほどの勇気もない。

だいたい、いくらこちらが熱をあげ、恋だと愛だのと思い悩んだところで、相手は人妻で社長夫人。恋が成就《じょうじゅ》する可能性はゼロであり、それどころか、次の逢瀬《おうせ》さえないかもしれないのである。

2

夏希との待ち合わせ場所は、海沿いにあるファミリーレストランだった。

ベンツで家まで迎えにいくと言ったのだが、そちら方面に用事があると返された。クルマをもたない夏希が街から離れた場所で待ち合わせだなんて、妙な感じもしていたが、敦彦は深く考えなかった。正確には、佐保のことで頭がいっぱいで、脳味噌《のうみそ》が考えるのを拒否していた。

店に着くなり、冷や水をかけられた。

夏希は男と一緒だった。嵌《は》められた、とすぐにわかった。夏希と男はこの店で偶然会ったわけではなく、あきらかにふたりで示し合わせて敦彦のことを待っていた。

「こっちに座って」

夏希が自分の隣にうながしてきた。彼女と男は、四人掛けの席に向かい合わせに座っていた。敦彦が座るなら夏希の隣しかないに決まっている。小さく舌打ちをしてから席についた。

「どうも突然すみません」

男は立ちあがって名刺を差しだしてきた。敦彦は立ちあがらずに受けとった。

田代孝一《たしろこういち》――『日本海日報』の記者らしい。歳は三十代半ばだろうか。馬面に横分けの愛嬌のある風貌をしていが、真面目そうな男だった。日曜日なのに鼠色《ねずみいろ》のスーツを着て、白いワイシャツに臙脂《えんじ》のネクタイをしている。

「田代さんは、うちのお店の常連さんなの……」

夏希が言った。

「住んでいるところが近くだから、毎日のように来てくれて、店長なんかとは家族ぐるみの付き合いをしているっていうか……」

「前置きはいいよ」

て……」
敦彦は遮《さえぎ》った。
「どうして新聞記者が俺たちのデートに同席してるんだ。騙《だま》し討《う》ちみたいに待ち伏せ
苛立たしげに貧乏揺すりを始めた敦彦の前に、ウエイトレスがコーヒーを運んでき
た。いつもはミルクや砂糖を入れるのに、ブラックのまま飲んだ。
先ほどまで、夏希と別れることさえ考えていた敦彦だった。しかし、横恋慕されそ
うになって、笑っているほどトロくはない。いまはまだ、夏希は自分の恋人である。
「そんなに怒んないでよ。先にわたしから説明してもよかったんだけど、わたしって
ほら、政治とか経済に疎《うと》いし、説得力がないだろうなって……」
「いったいなんの話なんだ？」
敦彦が声を尖らせると、
「まあまあ……」
田代が割って入ってきた。
「城島さん、〈馬淵リゾート〉にお勤めなんですよね？　実は私、〈馬淵リゾート〉に
ついていろいろ調べてましてて……」

「そうなのよ。わたしの彼が〈馬淵リゾート〉で働いてるって言ったら、怖い話をたくさん聞かされて、わたし驚いちゃって……」

「怖い話？」

敦彦が睨みつけると、夏希は身をすくめた。田代が話を引きとる。

「城島さんはまだ入社したばかりだと聞いてますし、なにより夏希ちゃんのボーイフレンドなわけですから、それを見込んで話をさせていただきますが……籠瀬市はいま、〈馬淵リゾート〉の馬淵隆造によって、牛耳《ぎゅうじ》られようとしているんです……」

敦彦は眼を泳がせた。横恋慕などという可愛い話ではなかった。地方紙とはいえ、相手は新聞記者。よけいなことを言ってはいけないと緊張する。

「城島さん、ちなみに配属先は？」

「まだ研修中ですよ」

「じゃあ、会社の事業内容をいろいろ教わったり……」

曖昧に首をかしげる。

「〈馬淵リゾート〉にはいろいろな黒い噂がありますけど、いまいちばんの問題になってるのはゴルフ場の開発でしょう。動く金の額が桁違《けたちが》いですからね……もちろん、すべてのゴルフ場開発が悪いというわけではない。ただ、籠瀬にはすでに三つもゴルフ場がある。こんな小さな籠瀬市に三つもですよ。これ以上はあきらかにつくりすぎだし、それにも増してやり方が強引すぎる……」

敦彦はコーヒーカップを口に運んだ。手が震えだしそうだった。こんな男を断りもなくデートに同席させた夏希に怒りを覚えた。

「不動産会社、建設会社、地銀、政治家、それに警察から裏社会の人間まで含めて、巨大な利権をむさぼるためにがっちり癒着《ゆちゃく》している。その中心にいるのが、他ならぬ〈馬淵リゾート〉の馬淵隆造なんですよ」

「百歩譲って……」

さすがに黙っていられなくなった。

「そういう癒着の構造があったとして、なにかいけないんですか？　関わった人間が全員潤って、おまけに街にもお金が落ちる。むしろ大歓迎じゃないですか」

「地主には土地を売りたくない人もいる」

田代は憎たらしいくらい冷静に返してきた。

「もちろん、いままで二束三文だった土地が大金に化けて喜んでいる地主もいますよ。

でもその一方で、先祖代々の土地を大切に守っている地主さんもいる。そういう人から強引に土地を奪いとるのは、いいことだと思えない」

「君と世界の戦いでは、世界に支援せよ」

「……フランツ・カフカ、だったかな？」

「まわりを幸せにするために自分が少しばかり我慢するって、美しいことだと思いますけどね」

「その解釈は強引すぎる。ゴルフ場の乱開発には、環境問題もある。いまある美しい自然を破壊するのは、それこそ世界を、未来永劫《えいごう》にわたって傷つけることになりませんか？」

敦彦は答えなかった。席を立つタイミングを考えはじめた。

「いささか物騒な話ですが、最近その環境問題の専門家が姿を消したんです。東京から反対運動の応援に来てくれて、うちの新聞でも何度かインタビューを載《の》せたことがある。こっちでアパートまで借りていたのに、ある日突然、連絡が途絶《とだ》えた。私たちも手を尽《つ》くして捜しているんですが、杳《よう》として行方が知れない。おかしいと思いませんか？」

「それって活動家の人でしょ」

敦彦は鼻で笑った。

「なにが楽しいのか、東京からしゃしゃり出てきた学生運動家崩れが、どこに逐電しようと知ったこっちゃないですよ。あんた、頭大丈夫かい？　訳のわからない黒い噂とやらで地元の繁栄を邪魔するのが、ジャーナリストの仕事だと思っているなら大間違いだ」

敦彦は立ちあがり、財布から抜いた一万円札をテーブルに投げた。田代は苦虫を噛みつぶしたような顔をしていたが、夏希はそれ以上にショックを受けているようだった。この男はすでに〈馬淵リゾート〉に洗脳されている――そう思ったに違いない。

べつにかまわなかった。

入社したばかりの敦彦なら、うまく懐柔《かいじゅう》して内部告発者に仕立てられると考えたのだろうが、見込み違いもはなはだしい。田代は世間をわかっていない。新聞記者や活動家以外は、社会正義で飯を食えないのだ。

絶句したままのふたりを睨《ね》めつけ、敦彦は悠然とした足取りで店を出た。

3

グランドマブチホテルの地下駐車場にベンツを停めた敦彦は、クルマをおりて後部座席の扉を開けた。

出てきたのは、赤、青、黄のボディコンワンピースに身を包んだ三人の女だった。

信号機かよ、と内心で苦笑したが、容姿のクオリティは高かった。この前のように隣県の街までピックアップしにいったのだが、この前の女に負けず劣《おと》らず美人だし、抱き心地がよさそうなグラマーが揃っていた。

敦彦は隠し扉まで三人を連れていき、暗証番号を打ちこんだ。１１０７、イイオンナ……冗談みたいな暗証番号だが、冗談ではなく、実際にこれはいい女を運ぶための隠し扉なのである。エレベーターはスイートルームに直行。階上にいるエグゼクティブは、いい女が運ばれてくるのを黙って待っていればいい。

三人を見送ると、敦彦はベンツに戻った。時刻は午後六時を少し過ぎたところ。今日はこのあと、予定がなかった。ファミリーレストランの一件があって以来、夏希とも一週間以上連絡をとっていない。

少し息抜きがしたかった。クルマをここに残して、ひとりで飲みにでも行こうかと思っていると、自動車電話が鳴った。

「おう、俺だ。軍司だ」

「お疲れさまです」

「まだ下にいるんだろ? ちょっとあがってこいよ」

「えっ……何階に?」

「いま女たちを乗せたエレベーターに乗れ。社長もいる。おまえと話がしたいそうだ」

「……わかりました」

電話を切ると、脇から汗が噴きだすのを感じた。

あのエレベーターに、乗るのか……。

秘密の場所に綺麗どころを運んでいたりすれば、下劣な勘ぐりをしてしまうのが男の性《さが》だ。しかし、知らぬが仏ということもある。それがきわどい秘密であればあるほど、正体を知るには勇気がいる。

ましてや、馬淵社長もいるらしい。話があるという。普通に考えれば、いまをときめくカリスマ社長が、敦彦のような下っ端中の下っ端と直接話をすることなんて考えられない。

なにが待っているのだろう？

まさかとは思うが、佐保の件がバレたのか？

佐保の口のかたさは信用している。恋をしているからではなく、バレれば彼女だってただではすまないからだ。

しかし、お城のホテルのオーナーは馬淵社長。従業員に見られて通報されたのかもしれない。いや、隠しカメラがあった可能性だって……。

それでも、逃げだすわけにはいかなかった。敦彦は極度の緊張に眩暈《めまい》さえ覚えながら、隠し扉を開け、エレベーターに乗りこんだ。パネルを見た。階を示す番号はひとつだけだった。震える指でそれを押した。

ゴンドラは上昇しているのに、奈落《ならく》に下降していくような感覚があった。もしも佐保の件が社長にバレていたら、自分はいったいどうなるのか。山の中に埋められ、顔中を虫に刺されるのか。あるいはそのまま放置され、小動物の餌《えさ》に……。

心臓が狂ったように早鐘《はやがね》を打つ中、ゴンドラが停まり、扉が開いた。途端に別世界がひろがった。宴会場というかロビーというか、部屋と呼ぶには広すぎる空間が、エレベーターを降りたら直接迎えてくれた。

全面ガラス張りの窓から、暮れなずむ空が見えた。ヴァイオレットブルーとショッキングピンクが鮮やかに混じりあっていた。窓の側まで近づいていけば、その美しい色が海に反射している景色が見られるだろう。

窓の手前では、十数人の男女が立食パーティ形式で酒を楽しんでいた。敦彦が送ってきたボディコンたちもいる。テーブルには色とりどりのオードブル、シャンパンやワイン。

男たちはいかにもＶＩＰふうの中高年で、女たちは若い。年の差があってもちぐはぐな感じがしないのは、共通点があるからだろう。どちらも欲望を手放しで肯定して生きている。

ソファ席もいくつかあり、そこでも男と女が談笑していた。ひとりだけ、かなり泥酔状態の男がいた。下品な笑い声をあげながら、禿げ頭に女物の真っ赤なパンティを被ったりしている。

眼をそむけたくなる醜悪な光景だったが、敦彦はその男に見覚えがあった。籠瀬銀行の副頭取だ。参議院議員を励ます会で登壇し、挨拶していた。

「よう」

軍司に肩を叩かれ、敦彦はハッと我に返った。

「社長が待ってる。こっちだ」

軍司に続いて、敦彦は歩きだした。イメージしていた空間とだいぶ違った。広さもそうだが、吹き抜けの階段があったり、長い廊下があったり、ゲストルームらしき扉もいくつか眼についたりして、まるで外国の富豪が暮らすコンドミニアムのようである。

重厚な木製の扉を、軍司がノックした。奥から返事がして、軍司は扉を開いた。薄暗い間接照明の中、U字形のソファが置かれていた。その中心に馬淵社長はひとり悠然と腰かけ、紫煙をくゆらせていた。

「座れ」

軍司に言われ、敦彦はUの字の端っこに浅く腰かけた。軍司は反対側の、社長に近いあたりに腰をおろす。視線は敦彦の方を向いている。

「いよいよおまえも、会社で本格的に働いてもらうことになった。奥さんの運転手から卒業だ。よかったな」

「きょ、恐縮です！」

しゃちほこばって頭《こうべ》を垂れる。

「配属は営業部。リゾートマンションのセールスを担当してもらうことになるが、それは表向きだ。裏ではいままで通り、俺の下で働いてもらう。はっきり言って、うちの会社でいちばん人員が足りてないのは、俺のところなんだよ。俺しかいないんだからな。ただまあ、おおっぴらにできる仕事でもないから、社内の人間にもよけいなことは絶対に言うな。こういうところも、一般の社員は足を踏み入れたことがない。存在すら知らない」

チラリ、と軍司は社長を見た。社長はクリスタルの灰皿で煙草を揉み消し、眼をつぶった。疲れているようだった。軍司は話を続けた。

「それで、だ。手始めに立ち退きをやってもらう」

心臓がキュッと縮んだのを、敦彦は感じた。

「どうしても土地を譲らない地主がいる。いくらうまそうな飴《あめ》をぶらさげても、まったく話に乗ってこない。となれば、もう鞭《むち》しかない。外からも人を呼んで徹底的にやる」

背中に冷や汗が流れた。立ち退きという言葉からは、危険な匂いしか漂ってこなかった。東京でも、飲食店に放火したり、トラックで突っこんだり、荒っぽい手口で立ち退きをやっているというニュースを見たことがある。

それはもはや、堅気《かたぎ》の仕事ではなかった。軍司は「鞭」と言った。「外からも人を呼」ぶとも。立ち退き屋を呼ぶのだ。ほとんどやくざのような連中が、地主に手厳しい鞭を振るう。

敦彦だって、開発事業に裏社会が関わっていることくらい、薄々わかっていた。鉄道だろうが飛行場だろうが、大規模開発の裏でそういう連中が暗躍していることくらい誰だって知っているが、眼をつぶっている。そんな汚れ仕事に自分が駆りだされるなんて、さすがに怖い。

「佐保のお墨付きが出たんだ……」

不意に、社長が瞼をもちあげた。敦彦はゾッとして、一瞬呼吸ができなくなった。社長の眼が、死んだ魚のようだったからだ。

「佐保の運転手を頼んだのは、べつに根性試しをしたかったからじゃない。理不尽なわがままに振りまわされてずいぶんきつかったと思うが、あれは人を見る目だけは確かなんだ。理屈じゃなくて、人の本質をズバリと見抜く。霊感のようなものまで備わっているかもしれない、なんて思ったりしたこともあるよ……キミは合格らしい。見込みのありそうな男だと、佐保が私の眼を見てはっきり言った。期待してる」

そこまで言うと、もう一度静かに瞼《まぶた》を閉じた。行くぞ、と軍司が目配せしてきた。

敦彦は立ちあがり、軍司に続いて部屋を出た。

社長の前では軍司も緊張していたようで、廊下を少し歩くと、ふうっと息をついて窓際の長椅子に腰をおろした。三人掛けだったが、敦彦は腰をおろすのを遠慮した。

「立ち退きをかける土地はな……」

軍司は煙草に火をつけ、白い煙を大きく吐きだした。

「テーマパークの開発にどうしても必要な土地なんだ」

「ゴルフ場じゃなくて、テーマパークなんですか？」

「ああ。社長肝煎《きもい》りの計画さ。仏教をテーマにした……おまえ、山の中の仏像見たことあるか？　すげえでっかいやつ」

「えっ、ええ……はい」

「ハッ。驚いただろ、奥さんそっくりで」

「……そうですね」

「あのへん一帯をテーマパークにして、観光名所のない籠瀬の観光の目玉にする。展望台やレストランなんかもつくって……というのが表向きの計画だが、社長はいずれ、宗教法人にするつもりらしい。奥さんを教祖にしてな。ハハッ、ぴったりだろ？　あの浮き世離れしたお姫様に」

敦彦は驚かなかった。佐保は、社長がみずから教祖になりたがっているというようなことを言っていたけれど、それは違うと思っていた。あの巨大な弥勒菩薩を見れば、誰だって佐保が教祖に違いないと思うはずだ。

軍司が煙草を消して立ちあがったので、敦彦は続いた。

立食パーティは盛りあがっていた。眼をそむけたくなるような盛りあがり方だった。禿げ頭に真っ赤なパンティを被った副頭取は、ボディコンとキスをしていた。舌をしゃぶりあい、唾液が糸を引くような淫らなキスだ。それ以外のところでも、男と女がぴったりと身を寄せあい、なかには体をまさぐりあっている者たちもいる。

まったくおぞましい——敦彦の顔はこわばっていくばかりだった。ゲストルームにしけこんでセックスというところまでは想像がついたが、もはや個室に隠れる羞恥心《しゅうちしん》もなく、この場で乱交パーティでも始めそうな雰囲気である。

「一杯飲んでくか、って誘ってやりたいところだが……」

苦笑まじりに軍司が言った。

「おまえみたいな若手にはまだ早い。まあ、これでちょっと羽を伸ばしてこい」

財布から札を抜き、敦彦の胸ポケットに押しこんできた。軽く十万円はありそうだった。

「明日からは社長の自宅じゃなくて、会社に出社しろ。いいな?」

軍司に肩を叩かれ、敦彦はうなずいた。男と女の破廉恥《はれんち》なはしゃぎ声に背を向け、エレベーターに向かった。

酒を飲む気分ではなくなっていた。繁華街には立ち寄らず、夜の帳《とばり》がおりていく海岸道路を、ベンツであてどもなく走った。

あれほど会社に戻ることを切望していたのに、いざそのときが訪れても、手放しでは喜べなかった。それどころか、胸の中にひろがっていくのは、どす黒い不安ばかりだ。

〈馬淵リゾート〉の仕事には、どうやら表と裏があるらしい。どんな会社でもそういう部分はあるのだろうが、ド新人の自分にまさか裏の仕事がまわってくるなんて……。

その大抜擢《だいばってき》には佐保の意見が反映されたというけれど、社長の言葉を額面通りには受けとれなかった。佐保に霊感じみた人を見る眼があるというのも胡散《うさん》くさいし、そういう傾向があるにしろ、社員やその家族の生活を背負っている経営者が、まともにとりあうような話じゃない。

そんなことより、もっと現実的な見方がある。県議会議員の息子に汚れ仕事をさせることで、社長サイドは保険をかけられる。要するに人質のようなものだ。息子が立ち退きで危ない橋を渡っていれば、父は絶対にこの計画から逃れることができない。観光資源としてのテーマパーク、さらには宗教法人まで組織しようという、壮大かつ奇天烈《きてれつ》な計画から……。

自宅に戻ったのは午後十時過ぎだった。

考えごとをしながらベンツを走らせているうちに隣県にまで行ってしまい、腹が減ったので眼についたドライブインで食事をしたりしているうちに、すっかり遅くなってしまった。

ベンツを駐車場に入れて玄関に向かうと、やってきたタクシーが停まった。降りてきたのは父だった。

「敦彦か？」

酒に酔った赤ら顔で、足元が覚束《おぼつか》なかった。真っ直ぐ歩くことができず、段差で転びそうになり、あわてて肩を貸した。

「敦彦、馬淵社長に尽くせよ！　雑巾《ぞうきん》掛けでもなんでも命懸けでやれ！　あの人が、これから籠瀬を支えていく……いや、変えていくんだ。もっと豊かに、もっと幸せに……」

呂律《ろれつ》がまわっていなかったし、息がひどく酒くさかった。スーツからは、香水の匂いがした。無骨な父に、香水をつける習慣なんてない。女が隣に座る店で飲んでいたのだ。

まさか……。

グランドマブチホテルで見たおぞましい光景が、脳裏に蘇《よみがえ》ってきた。禿げ頭に真っ赤なパンティを被った副頭取が、ボディコンと舌を吸いあっている……。

あの宴《うたげ》に、父も顔を出したのだろうか。

出してもおかしくない。たとえ今夜は参加していなくても、ＶＩＰを招待したあの手のパーティは頻繁《ひんぱん》に開催されているはずであり、父が一度も参加していないほうがむしろおかしい。

嫌悪感に鳥肌が立った。吐き気さえこみあげてきそうだった。

馬淵と知りあった途端に、人間が変わってしまった——佐保が父親について語った言葉が、耳底にこだまする。

敦彦の父親もまた、変わってしまったようだった。日本全体が豊かさを謳歌している現在、その波に乗って変わらないほうが変人扱いされる。それはそうなのだが、乱交パーティに参加している父の姿を想像するのはきつかった。それが豊かさだと主張され、素直にうなずける人間なんてどこにいるのだろうか……。

4

十一月に入ると、冬が足早に近づいてきた。

敦彦が〈馬淵リゾート〉の本社で働きはじめてから、すでに一カ月。昼はリゾートマンションのセールスで、夜は繁華街で接待。あるいは、軍司に呼ばれて裏の仕事……。

そんなとき、再び佐保から運転手の要請があった。朝出社するなり、軍司から内線電話がかかってきた。

「新しい運転手が風邪《かぜ》でぶっ倒れちまったんだとよ」

唇を歪めているのがはっきりとわかる口調で、軍司は言った。

「だったら、お稽古なんて休めばいいのに、おまえを寄こせって俺に電話してきやがった。まったくまいるぜ。おまえも忙しいだろうに」

悪態をついても、軍司に社長夫人の要請を拒否することはできないようで、敦彦はタクシーを呼び、佐保の自宅に向かった。彼女の送迎用に預かっていたベンツは、すでに返却していた。

久しぶりに顔を合わせても、佐保はなにも言わなかった。赤と金のいつも以上に豪《ごう》華絢爛《かけんらん》な着物姿で、黙ってベンツの後部座席に乗りこんだ。

クルマが走りだしてもまったく口を開く様子がないので、敦彦は内心で首をかしげた。

きっぱり無視されることには慣れているが、かつて彼女は、敦彦が顔色の悪い理由を執拗に問いつめてきた。であるなら、いまの敦彦を見て、なにも思わないはずがない。

この一カ月で、五キロも痩《や》せた。睡眠不足に食欲不振、過度なストレス。頰がげっそりと削《そ》げ落ち、眼の下には真っ黒い隈《くま》ができて、鏡に映った自分の顔が、日に日に幽霊じみていくことを感じている。

「少し遠まわりしてもいいですか？」

敦彦は訊ねた。

「三十分くらい、山のほうをドライブしても……」

「いいわよ」

佐保の声は、ガラスの風鈴を鳴らすように綺麗だった。あまりの懐かしさに、敦彦は目頭《めがしら》が熱くなりそうになった。

間違っても巨大な弥勒菩薩だけは見たくなかったので、別の山道を走った。常緑樹の茂った上り勾配をしばらく走ると、覚悟を決めてベンツを停めた。鳥の鳴き声が聞こえた。なんの鳥かわからなかったが、佐保が鳥になったような綺麗な鳴き声だった。

「会社、辞めることにしました」

敦彦は言った。バックミラーに映った佐保は、顔色を変えなかった。

「たぶん、二、三日うちにはすべて放りだして逃げると思います。親には勘当されるでしょうし、お世話になった社長や〈馬淵リゾート〉の人にも合わせる顔がないんで、二度と籠瀬には戻らないでしょう……だから……今日、奥さんに会えてよかったです」

佐保は黙っていた。沈黙が耳に痛かった。表情も変わらないので、彼女がなにを考えているのかわからない。

「どうして辞めるの？」

長い沈黙がようやく途切れると、敦彦の体は小刻みに震えだした。あてもないまま待望していた、暇乞《いとまご》いの機会だった。できれば穏やかに話をしたかったが、無理なようだった。胸に溜めこんでいたものが、堰《せき》を切ったように一気にあふれだした。

「もう耐えられないんですよっ！　会社に戻されたのは本望ですけど、あてがわれた仕事が立ち退きなんです。やっ、やくざみたいな連中と地主さんのところに毎晩のように押しかけて、むごたらしい嫌がらせばかり……そりゃあね、会社にとっては必要な仕事かもしれない。テーマパークができれば観光客もいっぱい来て、街が潤うことだってわかる……でも……僕には向いてない……あんなことは、僕には……」

　地主は八十歳を過ぎたご老体なのに、大阪から来たという立ち退き屋たちは一時間でも二時間でも寄ってたかって怒鳴《どな》りつづけた。ご夫人の老婆が涙を流しても、娘夫婦が泣きわめいてもおかまいなしで、それでも頑《かたく》なに土地を譲り渡すことを拒否されると、十九歳の孫娘に手を出した。

　レイプではなく、あくまで同意に基づいた恋愛らしいが、そういうことを専門にしている男がどこからかやってきて、孫娘を誘惑し、ベッドでの一部始終をビデオに収めた。そしてそれを、立ち退き屋たちは地主の家のテレビで再生した。大音響で、孫娘のあえぎ声を茶の間に響かせたのである。

「えげつなっ！　こんなん世に出まわったら、お孫さん、お嫁に行けないようなってまいまんなあ」

立ち退き屋たちは、本物のやくざではないらしい。正式に盃《さかずき》を受けていないという意味のようだが、見た目もしゃべり方もやってることも、極悪非道なやくざそのものだった。

ついていけなかった。いささか強引なやり方でも、いままで二束三文だった山林の土地を大金で買いとるのだから、地主にしても損な取引ではないはずだと敦彦は自分に言い聞かせていた。しかし、そこまでしてしまったら、家族全員に一生消えない心の傷を負わせてしまう。地主一家から、いつ自殺者が出てもおかしくないような追いつめ方をしているのである。

「逃げるんだ？」

後部座席で、佐保が笑った。あからさまな嘲笑《ちょうしょう》だったので、敦彦の顔は熱くなった。

「ぼっ、僕だって逃げたくはないですよ。いままで逃げてばかりの人生だったから、今度こそちゃんとしようって覚悟を決めて……でも、もう耐えられない。逃げるしかない……なにがおかしいんですか？」

敦彦は体をひねって振り返った。佐保がケラケラと笑い声をあげたからだ。それはもはや、人を蔑《さげす》む薄い笑いではなかった。やがて腹を抱《かか》え、身をよじって笑いはじめた。

意味がわからなかった。仕事を途中で投げだすのは人間として最低、とでも言いたいのだろうか。立ち退きの現場がどれだけ過酷かも知らないくせに……頭に血がのぼり、声を跳ねあげてしまう。

「だいたい、奥さんがいけないんじゃないですかっ！　僕のこと見込みがあるなんて社長に言うから、こんなことになったんだっ！　ねえ、奥さん、教えてくださいよ。僕のどこに見込みがあるですか？　僕なんていつだって逃げ腰の小心者で、見込みのある男なんかじゃないんですよっ！」

佐保はおかしくてたまらないという感じで笑いながら、右手の人差し指を敦彦の唇の前で立てた。

「奥さんなんてよそよそしい呼び方はやめて。名前を呼んで」

笑いがとまらない。

「わたしたち、イチャイチャした仲じゃない？　あれからわたし、一日だってあなたを忘れたことがないのよ。毎晩ベッドの中でね、あなたのこと思いだしてるんだから……」

呆然としている敦彦の顔を、佐保がのぞきこんでくる。眼が細くなり、三日月形になっている。こんなに楽しそうに笑っている彼女を、初めて見た。いったいなにがそんなにおかしいのか、まるでわからないが……。

「見込み通り」

佐保は笑うのをやめて瞳を輝かせた。

「あなたは絶対逃げだす人だと思ってた。それがわかってたから、わたしとしては見込み通りなの」

「……どういう意味です？」

「わたしも逃げだしたいのよ」

佐保の小さな手のひらが、敦彦の頬を包んだ。ひんやりしているのに少し汗ばんでいる、エロティックな感触がした。

「ずっと逃げたいと思ってたの。うんざりなのよ、もう。馬淵も、実家の家族も、籠瀬の誰も彼も……下品な金の亡者たちとは、一緒の空気を吸ってるのもいや。でもね、愛玩動物（あいがん）みたいに育てられた女がひとりで家を出て、どうなるかなんてさすがに察しがつくじゃない？　だから、一緒に逃げてくれる人が現れるのを待ってたの。ようやく現れた。それがあなた」

顔を指差されると、時間がとまったような感覚があった。佐保は笑っている。箸《はし》が転がっただけで笑い転《ころ》げる乙女のように。

「……駆け落ち、ですか？」

驚愕のあまり、敦彦はパニックに陥りそうだった。

「なによう？　わたしが相手じゃ不足なの？」

小さな手のひらが、頬を撫でてくる。指先が、からかうように顔の上を這いまわる。鼻をつままれ、唇をひねられ、ついには口の中に指が入ってきた。女らしい細指で、いいように舌をもてあそばれる。

冗談ですよね？　という言葉が喉元まで迫《せ》りあがってくるのを、敦彦は感じていた。だが、口に出して訊ねることはできない。訊ねても意味がない。佐保は冗談を言わない。

「ね、いいでしょ？　逃げるんだったら、わたしも連れてって。わたしもなにもかも捨てて家を出る」

　まなじりを決して見つめられ、

「そんなこと言われても……」

　敦彦はたまらず眼をそむけた。視線が痛い。

「逃げるとしたら、どこに行くつもりだったの？」

　佐保が頬をツンツンしてくる。

「……東京ですかね」

　溜息まじりに答えた。いい思いがひとつもないところだが、土地勘だけはいちおうある。

「いいじゃない。行ったことないけど」

「東京にですか？　意外です……」

「わたし、旅行が嫌いなのよ。行き先が決まっているのに、何時間も乗り物に乗っているのがたまらなくいや。子供のころはお伊勢さんだの出雲神社だの、親に連れていかれたみたいだけど、覚えてない。修学旅行や移動教室にも行かなかった。もちろん、新婚旅行もね」

そんな女を連れて駆け落ち——正気の沙汰《さた》ではないと、敦彦は青ざめていくばかりだった。

だいたい、〈馬淵リゾート〉と裏社会の繋がりは、もはやあきらかなのだ。行方不明になった社長夫人を血まなこで捜すのは、警察だけではない。法律なんて守らずに欲しいものを手に入れようとする連中が、武器を携えて追いかけてくるのである。

5

佐保がベンツのドアを開け、後部座席から降りた。空を見上げ、深呼吸し、それから常緑樹の林の中に歩を進めた。かろうじて獣道のようなものがあったが、下は土だ。

敦彦はあわてて運転席から飛びだし、

「足袋が汚れますよ」

と声をかけたが、

「いいじゃない。ちょっとお散歩」

佐保は足元など気にもとめずに、奥へ奥へと進んでいく。敦彦はしかたなく、あとに続いた。

空は晴れていたが、風は冷たかった。それでも、寒さなど感じない。感じているのは、首筋や背中を濡らしている冷たい汗だけだ。

いま歩いてるのは土の上ではなく、細い板子の上だと思った。板子一枚下は地獄、というやつだ。佐保の後ろを歩いていくということは、そういうことだった。踏みはずしたら、命さえ落とすかもしれない。そんな道に、自分は本当に足を踏みだそうとしているのか。

木漏《こも》れ日《び》が差しこんでいる下で、佐保は足をとめて振り返った。風が光っているように見えたのは、木漏れ日のせいか、それとも振り返った彼女が美しすぎるからか……。

「怖い?」

少女のように無邪気《むじゃき》な顔で、佐保が訊ねてきた。

敦彦は少し考えてから、うなずいた。

「なにがいちばん怖いの?　お父さんを裏切ること?　それとも、籠瀬に二度と戻れなくなること？」

「それもそうですけど……怖い人が追いかけてきそうじゃないですか？」

「馬淵が雇ったやくざとか？」

敦彦はうなずいた。

「そんなのちっとも怖くないじゃない。とことん逃げればいいのよ。なんだったら戦ったっていい。わたしにはもっと怖いものがある……」

佐保が身を寄せてきた。敦彦は動けなかった。佐保はその胸にもたれかかり、上眼遣いを向けてくる。

「あなたの心変わり。それだけが怖い」

心変わりもなにも――敦彦は言いたかった。こちらはまだ、駆け落ちに同意すらしていない。一緒に逃げることをためらっている。

「キスして」

甘い声でささやかれても、動けなかった。ドクンッ、ドクンッ、と心臓だけが怖いくらいに高鳴っていた。こわばりきった敦彦の顔を、佐保は上眼遣いでじっと見ていた。まずいと思った。気持ちを読まれてしまう。いまこのときばかりは、彼女に霊感があるという話を信じてしまいそうだった。

「……ダメか」

佐保はふっと笑い、体を離した。

「さすがにこんな話、乗ってきてくれないか……」

長い睫毛《まつげ》が、乾いた木の葉のように揺れていた。いつだってその場の景色からくっきりと際立っている美しい存在が、陽炎《かげろう》のように儚《はかな》く消えてしまいそうな気がして、敦彦は身震いした。

佐保は孤独を恐れていない。だが、彼女を孤独にすることを、敦彦は恐れている。理由はよくわからない。愛とか恋とは別の次元で、佐保をひとりにしてはいけないという、強迫観念のようなものがある。

いまさらいったいなにをためらっているのだ——耳元で、もうひとりの自分が言った。

会社から、いや、籠瀬から逃げだそうと決めたのは、昨日や今日の話ではなかった。最初に立ち退きの現場に参加したときから、これはダメだ、自分にはできない、と痛感していた。

それでも、それから一カ月も仕事を続けたのは、もう一度佐保に会いたかったからだ。日々の生活が過酷になればなるほど、彼女と過ごした時間が記憶の中で輝きを増し、敦彦を慰《なぐさ》めた。

セックスが終われば無防備に甘えてくるくせに、不器用な形でしかセックスを始められない佐保が好きだった。底知れぬ欲望とともに、深い愛を感じた。足蹴にされたことも平手打ちをされたことも、荒ぶる愛の発露であったのだと、いまならよくわかる。

敦彦もまた、彼女の激しさに恋い焦がれていたからだ。快楽の余韻にまどろみながら甘え上手な女は、他にもいるかもしれない。だが、不器用ながらも激しく男を求め、時にエキセントリックな振る舞いさえしてしまう佐保だからこそ、事後のまどろみが天にも昇るような幸福感に満ちていたのである。

敦彦は、そういう女の前から暇乞いもせずに消えてしまうことが、どうしてもできなかった。生まれ故郷と縁を切ることにひとつだけ未練があるとすれば、自分を育《はぐく》んでくれた両親や家族、恩師や幼馴染《おさななじ》みや学び舎《や》、数々の思い出の舞台となった豊かな自然などではなく、ただ佐保ひとりだけだった。

「もう行きましょう……」

伏せた長い睫毛に孤立無援の淋しさだけをたたえて、佐保は歩きだそうとした。顔の薄い皮膚が、さざ波のように震えていた。一瞬、泣きだしてしまうのではないかと思った。彼女に涙など流させたりしたら、罪悪感と自己嫌悪で首を括《くく》りたくなるだろうと思った。

敦彦はあわてて、佐保の手をつかんだ。抱き寄せて、力の限り抱擁した。冬物の分厚い着物に包まれた佐保からは、肉体の生々しさが伝わってこなかった。必然的に、どこまでも力がこもっていく。

「苦しいわよ……」

眉根を寄せ、声を絞りだす佐保の表情は、ひどく弱々しかった。どうして今日に限って、こんな感じなのだろう？　いつもの高慢な態度が影をひそめているのはなぜだろう？

あなたはわたしに服従を誓ったんだから、黙って一緒に逃げればいいの――そう命じられたなら、ためらうこともなかったはずだ。姫に仕える忠犬としての役割を、なにがなんでもまっとうしただろう。

だが、そう言われなくてよかった。着物の下で震えているこの小さな体に、あやうくすべてを背負わせてしまうところだった。

「僕だけのものになってくれるんですね？」

「えっ……」

「一緒に逃げたら、僕だけのものに……」

「……いいよ」

佐保は苦しげに眉根を寄せながらうなずいた。

「本当ですね？　本当に僕だけの……僕ひとりだけの……」

コクコクと何度もうなずく。

敦彦は抱擁をとき、佐保の両手を大樹につかせた。尻を突きださせ、着物の裾をまくりあげた。正絹《しょうけん》の光沢のある生地はもちろん、ふんだんに刺繍が施《ほどこ》された着物をそんなふうに扱うには、勇気と覚悟が必要だった。

しかし、これから先に待ち受ける困難を考えれば、こんなところでビビッていられなかった。赤と金の着物から白く輝く尻を剝きだしにすると、丸々とした双丘を両手でつかみ、ぐいっと割りひろげた。

薄紅色のすぼまりが見えた。その清らかな色艶を視線で愛でる時間も惜しく、すかさず唇を押しつけた。「あっ」と佐保が小さく声をもらした。チュッ、チュッ、と音をたてて、敦彦は何度もキスをした。あなたに服従を誓ったことを忘れていない——気持ちは佐保に伝わっているはずだった。しかし、敦彦はもう、ただ従順な忠犬でいることはできなかった。

籠の鳥を籠から逃がし、外の世界にふたりで飛んでいくなら、忠犬でいるだけではダメなのだ。世間知らずで右も左もわからない彼女を、守ってやらなければならない。強い男にならなければ……。

尻の穴にキスをしているだけで、佐保は淫らな蜜をあふれさせた。アーモンドピンクの花びらをテラテラと濡れ光らせ、男の本能を揺さぶる強い匂いを放った。そちらにもじっくり舌を這わせてやりたかったが、もう我慢できなかった。欲望のままに、佐保を貫《つらぬ》きたかった。

敦彦はベルトをはずし、ズボンとブリーフをさげた。隆々と反り返った男根を握りしめ、切っ先を濡れた花園にあてがっていく。

「んんっ……」

性器と性器が触れあった瞬間、佐保は身構えた。挿入《そうにゅう》を拒む様子はなく、身構えながらも尻を突きだしてくる。

赤と金の派手な着物から剝きだしにされた佐保の尻は木漏れ日を浴びてどこまでも白く輝き、冷たい風に吹かれても瑞々《みずみず》しい丸みを誇示していた。それを視線で舐めるように愛でながら、敦彦は腰を前に送りだした。ずぶりっと亀頭を埋めこんだ瞬間、もう後戻りはできないと思った。

すべてを捨てて、この女と逃げる——燃えあがる決意が男根を芯から硬くみなぎらせ、濡れた花びらを巻きこんで奥に入っていく。肉と肉とを馴染ませるために小刻みに出し入れすれば、くちゅくちゅといやらしい音がたつ。みなぎる一方の男根に呼応するように、蜜壺はしとどに濡れていく。

「ああああーっ！」

ずんっ、と最奥まで突きあげると、佐保は甲高《かんだか》い声をあげた。ここが野外であり、もしかしたら誰かに見られるかもしれないなどと、これっぽっちも思っていないらしい。

潔《いさぎよ》い女だった。世間知らずな箱入り娘のくせに——敦彦は胸底でつぶやきながら腰を動かした。パンパンッ、パンパンッ、と尻を鳴らしてストロークを打ちこむほどに、佐保の声は甲高くなっていった。ごつごつした樹皮を真珠のような爪で掻き毟《むし》りながら、肉の悦びに溺れていった。

男根に吸いついてくる蜜壺の感触に唸りながら、敦彦の胸は熱くなった。世間知らずな箱入り娘だからこそ、これほど潔いのかもしれなかった。深窓が育んだ純潔な魂が、まぶしくてしようがなかった。恍惚を求めて一心不乱な姿が、愛おしくてしかたがない。

この女となら……。

むさぼるように腰を使いながら、敦彦は思った。

人生を棒に振る価値がある。

たとえ一緒に地獄に堕ちても、後悔はしないだろう。

第五章　東京タワー

1

雪が降りだしそうな寒い日だった。

十一月半ばの某日、実際その日の夜半に籠瀬には初雪が降ったのだが、敦彦と佐保は見届けることなく、生まれ育った故郷を離れた。低く垂れこめている灰色の雲の下、ふたりを乗せた特急列車は東京に向かって走りだした。

「なんだかわくわくするね」

グレイのロングコートに身を包み、黒いニット帽とおろした髪で顔を半分以上隠している佐保は、眼だけを妙にキラキラさせて、車窓の向こうの籠瀬の街を眺めている。

「行くあてがないのって、こんなにも清々《すがすが》しいものだったんだ」

「列車の旅は苦手だったんじゃないですか？」

「それは行き先が決まってる場合」

佐保は車窓に顔を向けたまま答えた。

「いまは決まってないじゃない？　いちおう東京に行くにしても、その先どうなるかわからないもの」

たしかに、と敦彦はうなずいた。これは旅行ではなく、片道切符の駆け落ちなのだ。行く先なんてわからない。列車の切符は東京行きだが、運命そのものがわからないのである。

敦彦はいろいろなものを捨ててきた。家族や仕事や喧嘩《けんか》中の恋人、多少なりともあったはずの信用や期待や好意。

佐保が捨ててきたものは敦彦など比べものにならないだろう。人間関係、裕福な暮らし、安定した未来、そういうものは当然としても、身のまわりの愛着のあるものほとんどすべてに別れを告げてきた。

着飾ることが大好きな佐保だから、きっと断腸《だんちょう》の思いで衣服を置いてきたはずだ。

トランクひとつに膨大《ぼうだい》なワードローブが収まるはずもなく、たぶん着物なんて一着ももってきていない。

じわり、と緊張感がこみあげてきた。

佐保の家出が騒ぎになるのは、たぶん今夜遅くだろう。自室の机の上に、馬淵社長宛の手紙と離婚届けを残してきたらしい。夫人の不在を使用人たちが不審に思い、部屋を開けて手紙を見つける。だが、社長が帰宅しなければ封は開けられない。社長が帰宅するのはいつも深夜らしい。

手紙を残してきたのは、事件や事故に巻きこまれたのではないことを示すためだ。単なる失踪人なら、警察が本腰を入れて捜査することなど、まずない。いくら馬淵社長が地元の有力者でも、その権力は東京まで届かない。敦彦も「捜さないでください」と一筆残してきた。

警察が動かないとなれば、残る問題は裏社会の追っ手だが、それについては偽名を使い、素性《すじょう》を明かさず、なるべく目立たないように暮らすしかないだろう。似たような人間が、東京には腐るほどいる。大学時代に関わった街、バイトしていたコンビニ、友人知人などを避けておけば、やくざであろうが探偵であろうが、そう簡単に尻尾をつかむことはできないはずだ。

「あっ、そうだ。あれ取って」

佐保が頭の上を指差した。荷物棚に載せたばかりのトランクを、もう一度おろせということらしい。

「はい、これ」

佐保はトランクから茶封筒を取りだし、渡してきた。

「なんですか？」

茶封筒の中をのぞいた敦彦は、息を呑んだ。百万円の束が五つも入っていたからだ。

「実家に行って、クルマが欲しいけど予算が足りないって相談したの。わたしがそんなこと言うの珍しいから、お父さん喜んで出してくれた」

くるりと瞳をまわして、悪戯っぽく笑う。

「それで、僕にどうしろと？」

「もっててよ」

「金庫代わりに？」

「そうじゃなくて、管理をまかせる。わたし、お金に触りたくないし」

敦彦は苦笑するしかなかった。なるほど、佐保に財布は似合わない。スーパーのレジで精算している姿など、想像するのも難しい。お金に触りたくないというのも、いかにも彼女らしい感覚だ。

それにしても、五百万とは望外の額だった。敦彦も全財産をもってきたが、ボーナスの百万にほとんど手つかずだった給料三カ月分を合わせて、百五十万ほど。仕事が見つかるまでそれでなんとかしのごうと思っていたのだが、六百五十万も軍資金があれば、そんなにあわてて仕事を探さなくてもいい。実家にまで足を運んで金をつくってくるなんて、佐保も初めて訪れる大都会で少しは羽を伸ばしたいのかもしれない。

特急列車で一時間半、さらに新幹線に乗り換えて二時間半の長旅となったが、佐保に疲れた様子はなかった。

東京駅で新幹線を降りたのは午後五時過ぎ、ちょうど帰宅ラッシュが始まったところだった。ホームや階段にあふれる人波を目の当たりにしただけで、敦彦は早くもうんざりしたが、佐保は見るものすべてが新鮮なようで、眼の輝きが増していくばかりだった。小柄な彼女が立ちどまってキョロキョロしていれば、行き交う人たちが次々とぶつかってくるのだが、めげている様子はまったくない。

「どこか行ってみたいところあります？」

いちおう六年間も住んでいたので、案内役を務めるのは敦彦の責任だろう。

「東京タワー」

佐保ははしゃいだ声をあげた。

「東京タワーが見えるホテルに泊まりたい」

意外におのぼりさん体質なんだな、と内心で苦笑したが、敦彦は東京タワーの最寄りの駅を知らなかった。そもそも行ったことがない。

「タッ、タクシーで行きましょう。トランク持ってラッシュの満員電車に乗るのも、大変ですから……」

自分で自分にがっかりしたが、タクシーで移動したのは結果的に大正解だった。東京タワーが見えるホテルに行きたい旨を告げると、運転手があっさり連れていってくれた。

ガラス張りのエントランスの前で、制服姿のベルボーイやベルガールがきびきびと働いている高級ホテルだった。さすがに料金が心配になったが、初日くらいは贅沢《ぜいたく》をしても許されるだろうと自分に言い聞かせた。佐保は間近に見える東京タワーに夢中で、完全に浮き足立っていた。

予想通り宿泊料金はびっくりするほど高かったが、部屋に入るとそれ以上の驚愕が待ち受けていた。レースのカーテンを開けると、窓の外で東京タワーが真っ赤に輝いていた。まるで燃えているようなすごい迫力だった。

「わあっ……」

佐保はふらふらと近づいてきて、窓ガラスに両手をついた。うっとりした顔をしていた。籠瀬にいるときには、見たことのない表情だった。セックスのあととも少し違う。童心に返ったようなピュアな感じで眼尻をさげている。

敦彦はコートを脱いでハンガーにかけた。佐保のコートも脱がせてやったが、彼女の視線は東京タワーに釘づけのままだった。

ニット帽はもう被っていなかった。グレイのコートの下から現れたのは、ぴったりした赤いニット。スカートは黒いフレア。黒いストッキングに茶色い革のアンクルブーツ。

東京タワーよりずっと綺麗だった。

敦彦がベンツで送迎をしていたときは着物姿がほとんどで、ゴルフに行くときはスポーティな装いだったから、今日のようなコーディネイトは新鮮だった。美人で小顔でスタイルがいいから、なにを着てもよく似合う。

敦彦は、後ろからそっと抱きしめた。東京タワーに夢中な佐保は、反応を返してくれなかった。

べつによかった。佐保がいま、楽しい気分でいてくれるならそれでいい。駆け落ちを後悔していないなら……。

長い黒髪に顔をうずめると、少し汗の匂いがした。新幹線の中の暖房が効きすぎていたからかもしれない。

嫌な匂いではなかった。佐保の体から嫌な匂いなんてするはずがない。髪の匂いを嗅《か》いでいると、自然と両手が動きだしてしまった。細いウエストから豊かな胸のふくらみに向かって、撫でるように何度も往復する。

「……ダメ」

乳房をそっとすくいあげると、佐保が手を押さえた。

「そういうことは、お風呂に入ってから」

「いつもは気にしないじゃないですか」

敦彦が苦笑すると、

「それは……」

佐保は恥ずかしそうに声を上ずらせた。

「直前に家でシャワーを浴びてたからでしょ。いまは違うもの」

「気にしませんよ」

敦彦は強引に胸のふくらみを揉みしだいた。

「こっちが気にするの」

「大丈夫ですって。僕、相手が佐保さんだったら、一週間くらい風呂に入ってなくても、体中舐めまわせる自信があります」

「馬鹿なこと言ってないで離しなさい」

いやいやと身をよじりながら、敦彦の手を乳房から剝がそうとする。敦彦はかまわず指先に力を込め、ニット越しに乳房を揉みくちゃにしていく。

その様子が、窓ガラスに映っていた。真っ赤な東京タワーの隣に、同じ色彩のニットを着た佐保が立っている。直接顔を眺めれば、頬の色のほうが東京タワーに近いかもしれない。

佐保は羞じらいながらも感じていた。間違いなく、体の奥底で疼いているものがあるはずだった。東京タワーは解放の象徴だった。夫や実家や故郷から、あるいはその土地のお姫様という呪縛から、彼女は解放されたのだ。解放された精神と肉体が、その実感を確かめるためにセックスを求めないわけがない。

「ダメだってば……」

振り返った佐保の頬は、予想通り艶《なま》めかしい朱色に染まっていた。振り返ったところで、そこはまだ敦彦の腕の中だった。

唇を重ねた。口の中に舌を差しこみ、舐めまわしてやると、こわばっていた佐保の体から徐々に力が抜けていった。

2

それはある意味、敦彦が夢見ていたセックスの始まりだった。

東京タワーを見てうっとりしていた佐保は、いままでのように突然エキセントリックな態度を見せたりしなかった。舌と舌をからめあうほどに、長い睫毛をふるふると震わせて、頰を赤く染めていった。

可愛かった。年上の人妻にもかかわらず、可愛いとしか言い様がないものが、その日の佐保にはたしかにあった。

敦彦は興奮しきっていた。佐保は体の匂いが気になるらしいが、シャワーを浴びるのを待っていることなんて、とてもできそうにない。いや、気になる匂いごと、彼女のことを愛してやりたい。

「ダメ……」

佐保の抵抗はすっかり口だけのものになっていたので、敦彦は赤いニットの裾をまくり、頭から抜いた。

ブラジャーは白だった。ストラップやベルト、そしてカップのまわりはレースや刺繡で飾られていたが、丸いカップそのものはシルク製でつやつやした光沢を放っていた。

大人っぽいのに清楚で、佐保にぴったりだった。敦彦は鼻息を荒げて佐保の足からアンクルブーツを脱がし、スカートもおろした。

　衝撃的な光景が現れた。黒いストッキングに、白いパンティが透けていた。人に見せる部分ではないのでしかたがないのかもしれないが、それはあまりに不様な格好で、佐保の美しさと激しいハレーションを起こした。

「もう、いや……」

　佐保は泣きそうな顔になって敦彦の腕の中から抜けだすと、ベッドに潜りこんだ。逃れるつもりならバスルームに行けばいいのに、恥ずかしさのあまり思考が働かなくなっているのだろうか。

　敦彦はこんもりと盛りあがった掛け布団を眺めながら、セーターとジーンズを脱いだ。前をふくらませたブリーフ一枚になって、布団の中に入っていった。

「そんなに恥ずかしがることないじゃないですか」

　佐保を抱き寄せて、ささやいた。いきなり足の汗を舐めさせたのは誰でしたっけ？　というニュアンスが伝わったようだ。佐保は悔《くや》しげに睨んできたが、その睨み方さえすっかり険を失って可愛らしい。

　お姫様の呪縛から解き放たれて、ただの女になったのかもしれない。お姫様の衣装は、さぞや重くて鎧《よろい》じみていたのだろう。長い黒髪を撫でてやると、鼻を胸にこすりつけて甘えてきた。もっと解放してやりたかった。いや、解放されたことを実感させてやりたい。

唇を重ねた。舌と舌をからめあいながら、ブラジャーのホックをはずした。カップをめくり、ふくらみを露わにした。途端に甘い匂いが漂ってきた。敦彦は佐保の生々しい体臭を嗅ぎまわしながら、丸い隆起にやわやわと指を食いこませた。先端にそっと触れ、まだ硬くなっていない乳首を、ねちっこくいじりまわした。

「あああっ……」

佐保が小さくあえいだ。桃色に染まっていそうな吐息をもらしながら、脚をからめてくる。不様なパンティストッキング姿に羞じらいつつも、彼女は欲情していた。清らかな桜色の乳首が尖っていくにしたがって、左右の太腿で敦彦の脚をぎゅっと挟んだ。ほのかに熱気を放つ股間すらこすりつけてきた。

敦彦はそちらに手を伸ばした。まず触れたのは、丸みの際立つヒップだった。撫でまわすと、うっとりした。丸いフォルムは女らしいのに、ストッキングのざらつきがなんとも言えず卑猥だった。

手のひらで味わうように撫でた。尻から太腿、膝やふくらはぎまで……それから、い。

両脚をひろげた。布団の中でなら、それほど恥ずかしくないだろうと思った。実際には恥ずかしがっていたが、キスをしたり、乳首を舐めたりしてやれば、抵抗はできない。

内腿を撫でまわした。尻よりもずっと柔らかい肉が、ざらついた極薄のナイロンに包まれていた。柔らかいということは、敏感だということだろう。指先を羽根のように使ってくすぐってやると、佐保は両脚を閉じようとした。敦彦はもちろん、許さなかった。閉じるたびにひろげ、内腿を撫でては揉み、揉んではくすぐった。

「熱いですよ」

股間に手を近づけると、触れる前からむんむんと熱気が伝わってきた。

「そこはいつも熱いの!」

佐保は怒ったふりをしつつも、欲情を隠しきれない。早く股間を触ってとばかりに、腰をもじつかせる。

敦彦が割れ目の上にすうっと指を這わせると、

「あううっ!」

佐保は驚くほど大きな声をあげた。

「やだもうっ……すっ、すごい感じるっ……変よっ……なんかわたし、おかしくなっちゃったみたいっ……」

「東京タワーが見てるからじゃないですか」

敦彦は耳元でささやいた。キザな台詞《せりふ》を口にしたかったわけではない。窓の外で真っ赤に燃えている東京タワーを、佐保に意識してほしかっただけだ。ここはグランドマブチホテルでもなければ、お城のラブホテルでもない。彼女を閉じこめるための場所じゃない。

実際、横眼で東京タワーを見た瞬間、佐保はあきらかに動揺した。動揺しつつ、性感を研ぎ澄ました。乳首を舐めれば長い黒髪を艶《つや》やかに波打たせ、股間を撫でれば背中を反らした。激しく身をよじっては、火照《ほて》った素肌を汗ばませていった。布団の中に、熱気と淫らな匂いが充満してきた。裸にする前に、イッてしまいそうな勢いだった。

「待ってっ……ちょっと待っててっ……」

感じすぎていることにあわてた佐保は、愛撫を制してきた。

「わたしにもさせて……お口でしてあげる」

半開きの口から少しだけ舌を出した佐保の顔を見て、敦彦の心臓は跳ねあがった。彼女にフェラチオをしてもらったことは、まだ一度もない。

「……いいです。遠慮しときます」

苦い顔で、首を横に振る。

「どうしてよ？」

「なんか悪いっていうか……そんなことさせるの申し訳ないというか……」

半分は痩せ我慢だったが、半分は本心だった。佐保にフェラチオは似合わない。男の足元にしゃがみこみ、男根を舐めしゃぶっている姿なんて想像がつかない。いや、はっきり言って想像したくないのだ。

「いいじゃないの。ね、ね……」

佐保が強引に馬乗りになってきたので、

「やったことあるんですか？」

敦彦は思わず訊いてしまった。佐保は眼を泳がせた。言葉にせずとも、答えはあきらかだった。街を牛耳るカリスマ社長でさえ、彼女に口腔奉仕をさせることはできなかったのだ。

佐保が拒んだのか、社長がたじろいだのかはわからないが、彼女はそういう女だった。裸になっても気高《けだか》いお姫様なのだ。しかし、いまの佐保はお姫様から脱却したがっている。

「いいから黙って舐めさせればいいの」

ガバッと掛け布団を剝がすと、後退《あとずさ》っていった。淫臭があたりに霧散していく中、敦彦の両脚の間で四つん這いになり、まなじりを決して見つめてきた。視線と視線がぶつかりあった。

敦彦はにわかに息苦しくなった。勃起しきった男根が、ブリーフに締めつけられて苦しくてしようがない。

佐保のせいだった。四つん這いでこちらを向いたことで、下を向いた乳房がより丸く、たわわに見えた。そして高く掲げられたヒップは、黒いストッキングに包まれている。白いパンティを透かせているのが、本当にいやらしかったが、佐保はもう、そんなことにはかまっていられないようだった。

ブリーフの前のふくらみに鼻を近づけてくんくんと匂いを嗅ぐと、

「男の匂いがする……」

潤んだ瞳でささやいた。敦彦は思わず眼をそらした。佐保がシャワーを浴びないのはかまわなくても、自分だけは浴びたくなった。

「ふふっ、恥ずかしいでしょ？　でも、もう遅いですからね。あなたの恥ずかしい匂い、嗅ぎまわしてやるから……味だってわかっちゃうんだから……」

強気な口調でささやきつつも、ブリーフをめくりさげると、ハッと眼を丸くして、固まった。敦彦もまた、まばたきも呼吸もできなくなった。

勃起しきった男根が、佐保の鼻先で屹立していた。赤黒くそそり勃ち、凶暴にエラを開き、ミミズがのたうつように血管を浮かせているグロテスクな肉の棒と、美しい小顔が同時に見えた。

あまりにも似つかわしくない組み合わせだった。欲情に頬を赤く染めてなお、佐保の顔には震えるほどの気品があり、繊細で、調和がとれ、揺るぎない美しさだけを見る者に伝えてくる。

「やっ、やっぱりやめませんか？」

敦彦がささやくと、佐保は我に返ったようで、大きく息を吐きだした。彼女は正視できないものと対峙《たいじ》していた。視線がまるで定まらなかった。それでも、おずおずと右手を伸ばしてきて、男根の根元に指をからませた。

おそらく本能的な所作だったのだろう、手筒を勢いよく上下に動かした。勢いがありすぎるしごき方だったので、敦彦はうめき声をあげて顔を歪めた。佐保はあわててしごくのをやめた。ひどく気まずい雰囲気になり、お互い眼を合わせることもできない。

しかし、佐保の中にやめるという選択肢はないようで、先端に顔を近づけてきた。はずむ呼吸を抑えながらピンク色の舌を差しだし、亀頭の裏筋をくすぐるように舐めてきた。

「おおおっ……」

敦彦は声をもらしてしまった。小さくてつるつるした舌の感触が初々《ういうい》しく、体温が一気に急上昇した気がした。

佐保は必死に舌を動かし、亀頭に唾液の光沢を与えていく。慣れていないことは隠しようもなく、一生懸命さだけが伝わってくる稚拙《ちせつ》なやり方だったが、敦彦は身をよじらずにはいられなかった。佐保に男根を舐められているという事実が、全身の血を逆流させていく。彼女の舌をたしかに感じるし、視覚でもはっきり確認できる。

「……ぅんあっ！」

限界まで唇をひろげて、亀頭にかぶりついてきた。じわじわと深く咥えこんでいき、カリのくびれを唇の裏側でぴっちりと包みこんだ。

しかし、そこから先、どうしていいかわからないようだった。小さな頭を振ってみても、唇の位置はたいして動かない。しかたなさげに、口内で舌を動かす。その動きもぎこちなく、そもそも口の中は亀頭でいっぱいなので、うまく舐めることができない。

人妻のくせに……。

敦彦は、はっきりと罪悪感を感じていた。その一方で、涙が出そうなほどの快感も覚えていた。佐保の口内の温かさが、限界を超えて男根を硬くしていく。彼女の口を穢《けが》したくなかったが、先走り液が漏れていることだって間違いない。

3

「もっ、もういいですっ！」

敦彦は叫ぶように言って、佐保の肩をつかんだ。

佐保は一瞬、上眼遣いでこちらを見ると、口からスポンと亀頭を抜いた。唾液にまみれた唇でハアハアと息をはずませ、じっと見つめてきた。なにか言いたげだったが、敦彦は言わせなかった。体を起こして佐保を抱き寄せ、いまのいままで自分の男根を咥えていた唇に、キスをした。いきなり舌を吸いたてて、穢してしまった部分を清めようとした。

長々とキスを続けていると、佐保は少し放心状態のようになり、眼の焦点が合わなくなってきた。

敦彦は佐保をあお向けに倒し、黒いストッキングを脱がした。肉感的な太腿も、少女のようにつるんとした膝も、ふくらはぎから足指まで、舌を這わせて愛撫したかったが、興奮がそれを許してくれなかった。

白いパンティをめくりおろして両脚をひろげた。佐保が羞じらいの悲鳴をあげたが、かまっていられなかった。野性的に茂った黒い草むらの奥に、アーモンドピンクの花びらがチラリと見えていた。顔を近づけていくと、毛先が鼻にあたったあたりで、むっとする強い匂いを感じた。

その匂いを胸いっぱいに吸いこみながら、顔を押しつけた。舌を伸ばして、花びらを舐めた。クリトリスは剛毛に隠れて位置を特定できなかった。宝探しをするように黒い草むらを掻き分け、花びらの合わせ目に向かって尖らせた舌先を這わせていく。

「くっ……くぅううっ……」

佐保の顔は、すでに真っ赤だった。瞼をおろし、眉根をきつく寄せていた。快感だけが、そんな表情にしているわけではなさそうだった。一日中下着に密封され、尻の下から暖める列車の暖房に蒸された花は、いつもより強い匂いを放っている。それが恥ずかしいのだ。

たしかに、敦彦も男根を舐められているとき、恥ずかしかった。だが逆に、佐保の強い匂いを嗅いでいるいまは、興奮している。この匂いを、シャワーで流されなくてよかったと心から思う。

「あううっ！」

佐保の腰がビクンッと跳ねた。舌先がクリトリスをかすめたのだ。

敦彦は艶やかな剛毛を指でつまみ、その部分を目視できるようにした。割れ目の上端で、まだ包皮に包まれていた。剝いてやると、米粒ほどの肉芽が姿を現した。小さくても、女の体の中でいちばん敏感な部分だった。新鮮な空気を浴びただけで、ぷるぷると震えている。

舐める前に、包皮を剝いたり、被せたりした。リズムをつけてそうしてやると、佐保は息をつめてこちらを見てきた。恨みがましい眼つきをしていた。まるで早くトドメを刺してと願うような……。

「あああっ！」

剝き身をねちりとひと舐めしただけで、佐保は弓なりに背中を反らせた。ねちねち、ねちねち、と舐め転がすたびに、悲鳴は甲高くなり、腰の震えは激しくなっていく。新鮮な蜜をしとどに漏らして、発情のピークに向かってあえぎにあえぐ。

じゅるっ、と蜜を啜《すす》ってやると、佐保は「いやっ！」と叫んだ。驚いたように眼を見開いている。敦彦は嚥下《えんげ》するところを見せつけてやった。佐保がなにか言う前に、じゅるじゅるっ、じゅるじゅるっ、とさらに啜った。飲み下せば、体の内側に佐保の匂いが充満していった。

「もう我慢できませんよ……」

両脚の間に腰をすべりこませていくと、佐保は見開いた眼の奥で、濡れた瞳を戸惑《とまど》わせた。欲情に荒ぶる敦彦に、気圧《けお》されたようだった。野獣と化すほど興奮している自覚はあった。念願の正常位だった。どんな体位で繋がっても、佐保は最高の快楽を与えてくれる女だが、やはり裸で正面から抱きあって、見つめあいながら恍惚を分かちあいたい。

勃起しきった男根を握りしめ、切っ先を濡れた花園にあてがっていく。性器と性器がヌルリと触れあっても、佐保は眼を見開いたままだった。人形のように、まばたきひとつしなかった。

敦彦も見つめ返しながら腰を前に送りだしていく。驚くほどヌルヌルしている中に、切っ先を埋めこんでいく。一気に貫いてしまうのがもったいなくて、小刻みに浅瀬を穿《うが》つ。佐保が一瞬、眼をつぶった。再び瞼をもちあげると、黒い瞳が欲情の涙に溺れそうになっていた。いまにも焦点を失いそうな眼で見つめられると、敦彦はたまらなくなって唇を重ねた。

舌をしゃぶりあいながら、じりじりと結合を深めていった。亀頭に佐保の放つ熱が伝わってきた。こんなにも濡れているのに、こんなにも熱い。さらに進むと、締まりのよさも加わった。まだ半分しか入れていないのに、敦彦の額には汗が浮かんできた。

「ああぁっ……」

佐保が声をあげる。半分入った段階で、敦彦が早くもピストン運動を開始したからだった。本気の抜き差しではなかった。リズムに乗って軽く突いているだけだが、それでも蜜のあふれた花園はくちゅくちゅと淫らな音をたて、佐保の顔は羞恥の朱色に染まっていく。

腰を動かしつつ、敦彦は執拗に佐保の舌を吸った。唾液まで啜ると、佐保が啜り返してきた。至近距離で見つめあいながら、唾液と唾液を交換した。ピストン運動に熱がこもっていく。あふれすぎた蜜をカリで掻きだすイメージで、ねちっこく腰を使う。佐保は顔を真っ赤に燃やし、敦彦の腕をぎゅっとつかんできた。奥まで突かれないので、もどかしいようだった。感じているのに乱れられない、苦悶の表情がいやらしすぎる。

敦彦はずぶずぶと奥まで男根を入れていった。しかし、決して焦らなかった。すぐにまた半分ほど抜いて、軽いリズムで抜き差しする。十回ほどそれを繰り返してから、再びずぶずぶと奥まで入っていく。

「あああっ……」

佐保が白い喉を突きだした。そこに浮かんだ汗を拭うように、敦彦は舌を這わせた。さらに乳房を揉みしだく。物欲しげに尖りきった乳首を口に含み、もっと尖れと吸いたてる。

佐保はもはや辛抱たまらないようで、みずから股間を押しつけて、男根を深く咥えこもうとした。さらに、両脚を敦彦の腰に巻きつけてきた。お姫様とは思えないくらい、ふしだらな態度だった。もっとふしだらにしてやりたくて、敦彦は上体を起こした。

「くっ……」

両脚をM字に割りひろげると、佐保は顔をそむけた。恥ずかしいのだろう。汗に濡れた乳房も、両脚をひろげて男根を咥えこんでいる様子も、すべてを男にさらけだしている。

敦彦は男根をゆっくりと抜き差ししながら、黒々した草むらを指で梳いた。アーモンドピンクの花びらが肉竿にぴったりと吸いついている結合部が見えたが、それが目的ではなかった。

「あああっ！」

敏感な肉芽をいじると、佐保は喜悦に歪んだ悲鳴をあげた。それが合図であったように、敦彦は怒濤《どとう》の連打を送りこんだ。ずんずんっ、ずんずんっ、と息をとめて最奥を突きあげ、同時にクリトリスをねちっこくいじりまわす。

「ああっ、ダメッ……ダメダメダメッ……」

佐保は右に左に顔を振り、長い黒髪をうねうねと波打たせた。つかむところを探して、両手で枕を握りしめた。敦彦が突きあげるたびに、ふたつの胸のふくらみが激しく揺れはずんでいる。

「イッ、イッちゃうっ……そんなにしたらイッちゃうっ……」

佐保がしたたかにのけぞっても、敦彦は連打をやめなかった。一度本気で腰を使いはじめてしまうと、途中でやめることができないのが佐保という女だった。濡れた蜜壺が男根にぴったりと吸いついて、動きをとめることを許してくれなかった。突けば突くほど一体感がどこまでも増していき、快感に全身が満たされていく。

「……イッ、イクッ！」

身構えていた体を一気に解放して、佐保がビクンビクンと痙攣を始める。それが男根に伝わってきて、敦彦はしたたかに顔を歪める。佐保がイキきったのを見極めると、ピストン運動を中断して再び上体を被せていった。半開きでハアハア言っている口にキスをすると、驚くほど大量の唾液を分泌していた。

舌を吸われながら、佐保が悔しげに睨んでくる。いや、本人は睨んでいるつもりらしいが、眼の焦点は合っていないし、瞳はねっとりと潤みきっているし、その表情はただいやらしいばかりだ。

敦彦は乱れた髪を整えてやりながら、何度もキスをした。自分ばかりあっさりイカされて佐保は悔しそうだったが、イッたばかりでは反撃の糸口すらつかめない。両脚の間に深々と埋まっている男根を再び動かしはじめれば、彼女は乱れることしかできなくなる。それがわかっているから、恨み言を口にすることもできない。

ともすれば感極まってしまいそうな気分で、敦彦はキスを続けた。手も足も出ない状態で悔しげに眼を泳がせている佐保は、食べてしまいたくなるくらい可愛かった。この世にこれほど可愛い生き物がいてもいいのか、と思ってしまったくらいだった。

「このままもう一回イキますか?」

ピンク色に染まった耳にささやいた。

「それとも、せっかくだから東京タワーを見ながらします?」

佐保が顔をそむけて答えなかったので、敦彦は結合をといた。足元がふらついている佐保の手を取り、窓際に向かった。東京タワーに向かってガラスに両手をつかせ、尻を突きださせた。

正常位に未練があったが、今夜はそう簡単に射精しないつもりだった。またあとですればいい。体位を変えたのも長期戦への布石である。

「いきますよ。しっかり東京タワーを見ててください」

丸々とした尻を、勃起しきった男根で貫いた。パンパンッ、パンパンッ、と尻を鳴らして連打を打ちこむと、佐保は程なくして獣じみた悲鳴をあげはじめた。赤々と燃えあがる東京タワーまで届きそうな咆哮《ほうこう》に煽《あお》られ、敦彦も我を忘れて腰を振りたてた。

4

ホテル暮らしは一週間続いた。

朝起きると、敦彦と佐保は一緒にシャワーを浴び、その流れでセックスをする。ルームサービスで朝食兼昼食をとり、少しまどろんでからまたセックス。陽が暮れると、六本木に繰りだしてイタリアンや寿司や高級中華。誰かに見つかる不安がなかったわけではないが、帽子や伊達眼鏡《だてめがね》で変装し、やがてそういうことも楽しめるようになっていった。

敦彦も酒が弱いほうではないけれど、佐保はそれ以上だった。ふたりでよく食べ、よく飲んだ。ある意味、夢のような毎日を送っていたわけだが、代償はもちろんあった。

佐保は金に無頓着なかわりに、金銭感覚もなかった。贅沢を、贅沢と理解せずに求める。彼女の望みを叶えるようなことばかりしていたら、一週間で百万円以上散財してしまった。敦彦はさすがに青ざめ、もっと地に足がついた生活をしなければならないと訴えた。

「僕にできる仕事なんて限られてますけど、とにかく仕事を探してきますんで、ホテル暮らしはそろそろやめにしましょう。仕事を見つけて、アパートを借りて、ちゃんと毎日自分たちでごはんつくって……いいですよね？」

「もちろん」

佐保は満面の笑みを浮かべて答えた。

「最初からそのつもりだったけど、初めての東京ではしゃぎすぎてしまったみたい。ごめんなさいね」

「いやいや、謝ることはないんですが……」

敦彦の仕事は、意外なほど簡単に決まった。夜の街に狙いを定めていたからだ。酒場勤めなら、素性をそれほど詮索《せんさく》されない。昼の仕事より稼ぎもいいはずだし、なにより夜に働いていれば、昼間は佐保と一緒に過ごすことができる。彼女が眠っている間に、こちらは働けばいいだけだ。

採用されたのは、上野のラウンジだった。キャバクラより少しだけ高級感があり、クラブほど敷居が高くない。

上野を選んだのは、六本木や新宿より、目立たないような気がしたからだ。内装には贅《ぜい》が尽くされ、新入りのボーイにスーツから靴まで貸しだしてくれるきちんとした店だったが、下町育ちだという店長の野崎康夫《のざきやすお》は気さくな人だった。上京したばかりで住むところがないと言うと、親身になって相談に乗ってくれた。

「女と一緒なのかい？　まあ、悪いことじゃない。そういう男のほうが一生懸命働くし、店の女の子に手を出すこともないだろうからな。女の子を住まわすための店の寮が近くにあるんだが、そこに住んだらどうだろう？　1DKだからふたりだとちょっと狭いけど、家賃はタダだ」

「ありがとうございます。よろしくお願いします」

敦彦は心から礼を言った。家賃無料というのもありがたかったが、できることなら不動産屋で部屋を探すのは避けたかったのだ。身分証明書だの住民票だの連帯保証人だの、面倒な手続きをかいくぐれる自信がなかった。その点、店の寮ならそんな心配はいらない。空き部屋だったので、その日のうちに住みはじめた。

店から徒歩五分だし、アメ横が近いから買い物にも不便はなさそうだし、アパートではなくマンションだったが、たしかに狭い部屋だった。

六畳の畳の部屋に、六畳のダイニングキッチン。おまけに一階で陽当たりが悪く、風呂とトイレが一緒のユニットバス。いくら家賃がタダとはいえ、佐保をこんなところに閉じこめておくのは罪でないかと思った。

「気にしないでいいわよ。わたしだって、自分の立場くらいわかってるんだから。わたしたち、駆け落ちしてきたのよ。もう世間の裏街道をひた走るしかないの。ぴったりじゃない、この部屋」

佐保はケラケラ笑っていたが、なんの慰《なぐさ》めにもならなかった。むしろ、「駆け落ち」や「世間の裏街道」という言葉が胸に刺さり、敦彦は暗澹《あんたん》とした気分になってしまった。

ラウンジの仕事は想像以上に忙しかった。

バブル経済はピークを迎え、夜の街には札が飛びかっていた。籠瀬でも好景気を実感できたが、桁《けた》が違う感じだった。十万、二十万のボトルが飛ぶように売れたし、敦彦が働きはじめて間もなく、ボーナスシーズン、忘年会シーズンに突入したので、乱痴気騒ぎに拍車がかかった。

敦彦は毎日午後七時に出勤し、八時から翌二時までが営業時間。片付けをすませて家路につくのはいつだって午前四時近くで、毎日くたくたに疲れきったが、充実感もあった。店が繁盛《はんじょう》していることを目《ま》の当たりにできたし、なにより都会のホステスは圧倒的に美しかった。可憐、妖艶、優美——様々なタイプの夜の蝶が客を幻惑しており、一緒に働いていると華やいだ気分になった。

そのうえ、ボーイにまでチップをくれる客が少なくなかった。千円札が多かったが、五千円や時に一万円まで渡されることがあり、店をクローズしたときに、敦彦のポケットに札が一枚も入っていないことはなかった。

そんなある日のことだ。

仕事を終えて自宅に帰った敦彦は、いつものように物音をたてないように注意して鍵を開け、抜き足差し足で部屋に入っていった。眠りについている佐保を起こすわけにはいかないから、照明もつけず、窓から差しこんでくるほのかな外灯の灯りだけを頼りに動かなければならない。

帰宅してまず迎えてくれるのは、ダイニングテーブルだ。量販店で買った安物だが、その上に様々なものが置かれている。醤油、塩、コショウ、七味唐辛子などの調味料。ランチョンマットや布巾やティッシュの箱。テーブルの向こうには、洗濯物が干してある。

たったひと月で、ずいぶんと所帯じみてしまった。佐保は熱心に家事に取り組んでくれている。ありがたい話なのだが、育ちが育ちだけにやはり向いてはいないようで、四角い部屋を丸く掃《は》くし、焦《こ》げた鍋を前にして途方に暮れていることも多い。

少し心配だったが、そんなことよりとりあえず風呂だ。夜明け前の師走《しわす》の冷気は雪国育ちの体にもこたえ、寒くてしようがなかった。酒場の匂いを残した体では、佐保と同じ布団に入ることもできない。

そのとき、人の気配がしたのでビクッとした。

佐保が寝ているはずの寝室の引き戸は閉まっていた。人の気配がしたのはそちらではなく、ユニットバスがあるほうだった。

知らない女が立っていた。

佐保ではない、と思ったのは、髪が短かったからだ。額や双頰を隠す真っ黒いボブカットで、白い首筋を露わにしていた。さらに衣服だ。薄闇にワインレッドの光沢が輝く、ロングドレスを着ていた。一瞬、ラウンジからホステスの幽霊を連れてきてしまったのではないかと、本気で震えあがった。

「びっくりした？」

ガラスの風鈴を鳴らすような声がした。佐保だった。それは間違いなさそうだが、どう見ても敦彦の知っている彼女ではない。髪型やドレスのせいだけではなく、顔まで違うような気がする。

「化粧を研究してみたのよ」

得意げに胸を張った。

「これなら外で働いても、わたしってバレないと思わない？　偶然、籠瀬の人がお店に来ちゃったりしても」

「外で……働きたいんですか？」

敦彦は呆然としていた。容姿の変貌もそうだが、佐保が働きたいと言いだすなんて……。

一緒に買い物に行く以外、ほとんど家に閉じこもっている生活に、退屈してしまったのだろうか。それにしても、なぜホステスなのか。

「あなたと一緒に働きたいのよ。やっぱりほら、知らないお店にひとりで飛びこんでいくのは……怖いし。あなたがいてくれれば安心でしょ？」

「賛成できませんね」

力なく首を振った。

「佐保さん、いままで仕事なんかしたことないんでしょ？　それがいきなり夜の店なんて……」

「大丈夫でしょ。いまどきホステスなんて、女子大生でもやってるわよ」

「いや、でも……」

自分の気持ちをうまく伝えられないことに、敦彦は焦れた。佐保のような穢れを知らない女に、ホステスなんてしてほしくなかった。一緒に働いている女たちには畏敬の念を抱いているし、汚れ仕事と差別するつもりはない。それでもやはり、佐保のような女には似合わない。

「ねえ、お願い……」

佐保が身を寄せてきた。

「どうしても働いてみたいの。せっかく東京に来たんだから、籠瀬じゃ絶対にできなかったことをしてみたい」

佐保の体からは、いままで嗅いだことのない香水の匂いがした。

「お金、どうしたんですか？」

敦彦はこわばった顔で訊ねた。

「美容院に行って、ドレスも買って、化粧品や香水も……」

「隠してあるところ知ってるもの」

クスクスと佐保は笑う。たしかにそうかもしれないが、彼女はお金に触りたくないという理由で、管理を敦彦にまかせたのだ。触りたくないお金に触ってまでそんなことをするということは、つまり、本気ということか。

佐保を見た。切れ長の眼を黒く縁取った厚化粧は、彼女から生来の気品を奪っていた。そのかわり、暴力的なまでに色香がある。東京に来てから、毎日セックスばかりしている関係もあるかもしれない。女の悦《よろこ》びを思う存分謳歌しているところに、化粧やドレスが色香を増幅させたのだ。エレキギターをアンプに繋いで爆音を放つように……。

「とにかく、僕は賛成できませんから……佐保さんに、夜の世界に染まってほしくない……」

敦彦が言うと、佐保は口許だけでニッと笑った。敦彦の心臓は跳ねあがった。心を見透かされた気がした。

敦彦が本当に恐れ、不安に思っていたのは、佐保が夜の世界に染まることではなかった。佐保が夜の世界を自分の色に染めてしまうことだった。

5

一九八九年が暮れていった。

十二月二十九日、年内最後の取引日「大納会」を迎えた東京証券取引所で、日経平均が史上最高値を付けた。終値は三八九五七円。

あとから見れば、ここがバブル経済絶頂期で、年が明けた一九九〇年一月から株価は値崩れを起こし、たった十カ月で半値にまで下落する。だが、年明けの段階では地価はまだ堅調に推移し、景気も拡大傾向にあったから、夜の街での乱痴気騒ぎはまだもう少し続くことになる。

佐保の強い要望により、彼女は昨年末のうちに敦彦と同じラウンジで働きはじめた。猫の手も借りたい忘年会シーズンだったから、即採用だった。

店長の野崎には同棲相手であることを正直に伝えたが、他のスタッフやホステスには絶対に知られないようにと念を押された。どこの店でもそうらしいが、スタッフとホステスの恋愛は厳禁とされていた。

「まあ、キミらの場合は、最初から恋愛関係にあったわけだけど、まわりの子が贔屓《ひいき》してるなんて言いだしかねないからね」

バブルという時代のせいか、あるいは下町という土地柄もあったのかもしれない、その店のホステスには明るくてざっくばらんなタイプが多かった。容姿が妖艶で大人っぽくても、飲みっぷりがよく、酔えば下ネタだって口にする。佐保はそういう輪の中に入れなかった。大人数の宴席を盛りあげるのはチームプレイなので、店長が未経験のド新人をあえて輪からはずしたのだが、それが佐保にとっては吉と出た。贔屓目ではなく容姿がずば抜けているから、一対一で静かに飲んでいるだけで客は虜《とりこ》となり、指名数は倍々ゲームで上昇していった。ラウンジにひとりで通ってくるような男は太客が多く、高価なボトルがどんどん入った。

年明けの新年会シーズンを終えると、佐保の売上は一位を記録した。同僚のホステスたちは揃って首をかしげていた。営業中、佐保はまったく目立たないからだ。大人数の宴席が競うように酒を飲んでいるのを尻目に、店の片隅でいつだってひっそりと接待している。

だが、その美貌は本物だったし、佐保には付け焼き刃ではない教養があった。世事には疎《うと》くても、茶や華や日本舞踊は玄人はだしであり、美術や骨董《こっとう》にも造詣《ぞうけい》が深い──そういう個性は主に年配の金持ちを惹きつけた。ご隠居の着ている着物の価値を正確に言いあてたりするから、喜んで百万円のボトルを入れてくれたりする。

佐保は「咲良《さくら》」という源氏名で働いていた。上野公園に満開の桜が咲き誇るころになると、咲良は押しも押されもしない店の顔になっていた。それまで我が物顔で店内を闊歩《かっぽ》していた宴席担当のホステスたちも、咲良の顔色をうかがっていた。「あの子は枕営業をしている」というひどい噂がたったりもしたが、咲良を守ろうとする勢力のほうが大きかった。咲良の客に連れがいた場合、席に呼んでもらえればおこぼれにあずかれるからだ。

最終的には、店長の野崎さえ、生花の活け方や備品の購入について咲良に相談するようになり、店内の誰もが彼女に対して下にも置かない扱いをするようになったのである。

敦彦はなんとも言えない置いてけぼり感を味わっていた。佐保がホステスをやりたいと言いだしたときに覚えた不安は的中し、いまや店はすっかり佐保の色に染まっていた。それにひきかえ、自分は一介のボーイのまま。店での立場は、女王様と下僕くらいに差がついてしまった。

とはいえ、下僕は下僕なりに、気忙しく働いていた。夏が近づいてくると、いよいよバブル崩壊の足音が夜の街にも聞こえてきた。もちろん、そのときはすぐにそうとは気づかなかったが、似たようなほころびがいくつも眼につくと、さすがに不吉な予感を覚えずにはいられなかった。

最初のほころびは、梨々杏《りりあ》というホステスからもたらされた。オープン前の時間、ちょっと話があると、店の入ったビルの屋上に呼びだされた。

「ごめんね、敦彦くん。なんていうかさ、店長にね、お給料の前借りをお願いしてもらえないかなあ」

そういう頼みごとをされるのは、珍しくなかった。頼り甲斐があると思われていたわけではなく、ボーイとしては最年少でいちばん下っ端だから話しかけやすいのだろう。他に三名いたスタッフはいずれも三十代後半から四十代で、店長の野崎はおそらく五十歳に手が届いている。

五万や十万の前借りなら、一緒に頭をさげてやることもあった。だが、梨々杏が口にした額は、二百万だった。

「いくらなんでも……それは無理でしょ……」

梨々杏は二十歳の女子大生で、容姿は決して悪くない。美人というより可愛いタイプで、色は白いし眼はつぶらだし、栗色に染めた髪をいつも綺麗に巻いているのだが、健康的すぎるのだ。キャンパスでは眼を惹くタイプでも、夜の蝶としては色気が足りない。おまけに客に媚《こ》びを売るのが苦手で、それが時としてわがままに見える。

要するに、売れないホステスの典型だった。月収はおそらく、三十万にも満たない。二百万なんて前借りの範疇《はんちゅう》を超えている。

「でもわたし、そのお金がないと……」

「どういう事情か、よかったら聞くよ」

「……金本《かなもと》さんが飛んじゃったみたいで」

「なんだって？」

「いくら会社に電話しても出てくれないし……昨日はついに、『現在使われておりません』になっちゃって……」

梨々杏はうつむき、敦彦は天を仰《あお》いだ。

金本というのは、梨々杏の唯一と言っていい指名客だ。たしか証券関係の会社を経営していて、売り掛けで飲んでいた。つまり、ツケだ。店の規約で、売り掛けの客が金を払えなくなった場合、ホステスがそれを補塡《ほてん》しなければならない。リスクはあるのだが、馴染みの客に掛けを頼まれて断ることは難しい。唯一の指名客ならなおさらだ。

「どうしたらいいでしょう？」

「そう言われても……」

本当に金本が飛んだとすれば、梨々杏の未来は限りなく暗い。風俗行きがお決まりのコースだ。

「親御さんに頼んでみたら？」

「無理です。学費も出してもらえなくて、夜の仕事をしてるくらいなのに……」

「そうかもしれないけど、そこをなんとか頼みこんで……」

「わたし、枕してもいいです」

梨々杏は顔を伏せてボソッと言った。

「風俗なんかに行くくらいなら、このお店で枕したほうが……太いお客さん、紹介してください」

「馬鹿なこと言うなよ。うちの店に枕営業してる子なんてひとりもいないよ」

「嘘ばっかり。咲良さんとか、絶対してますよ。じゃなきゃ、あんなに高いボトルがポンポン入るわけが……」

「おいっ！」

敦彦は梨々杏の肩をつかんだ。顔をあげた梨々杏は、眼を吊りあげ、唇を震わせていた。

「おまえ、金本と寝てたのか？」

梨々杏は答えない。震える唇を嚙みしめる。

「寝てたんだな？」

つかんだ肩を揺すると、わっ、と声をあげて泣きだした。

「そんなにいじめなくてもいいじゃないですか。わたし、困ってるんですよ。金本さんに騙されて困ってるのに……」

客と寝ていたのは図星《ずぼし》のようだったが、敦彦は彼女を責める気にはなれなかった。

夜の街に集う女たちの多くがそうであるように、彼女もまた、金の魔力に毒されたひとりだった。

梨々杏は学費を払うためだけに、ホステスになったわけではない。持ち物を見ればわかる。ブランドもののポーチ、腕時計、アクセサリー。そういうキラキラしたものに魅《み》せられて、要は余剰の金欲しさに、夜の仕事を始めたのだ。

だが、ホステスとしては健康的すぎ、宴席を盛りあげる腕もなければ、疑似恋愛を演出できる能力もなく、話題といえばテレビや女性誌で仕入れたものばかり――そんな彼女に金を稼《かせ》ぐ手立てがあるとすれば、若い体を差しだすことくらいだったのだ。

浅はかだが、気の毒だった。彼女はある意味、バブルの世の犠牲者だった。生きることは金を使うことだという狂った社会にいて、苦学生を決めこむのは簡単ではない。梨々杏にそんな強さはなく、むしろ素直に世の中に染まった。悪いのは染まった彼女なのか、染めた世の中なのか。世の中の風潮に従っただけなのに、最後は風俗行きでは、あんまりではないか。

一瞬、敦彦の脳裏に、自宅アパートの押し入れに眠っているものがよぎっていった。

佐保はいくら稼いでも金に無頓着なままで、せんべいの入っていた空き缶を貯金箱がわりにしている。空き缶は押し入れにしまってあるのだが、毎日帰宅するとそれを出し、その日のチップをハンドバッグから抜いて入れる。蓋《ふた》をすると押し入れにしまい、「ばっちい、ばっちい」と言いながら念入りに手を洗う。月給袋も同様だ。数えたことはないが、実家から引っぱってきた金と合わせて、一千万近くが押し入れに眠っているのではないだろうか。

二百万、梨々杏に貸してやったらと佐保に提案したら、彼女はどんな反応を示すだろう。金が返ってくる可能性は低いし、佐保が他のホステスと仲良くしているところなんて見たことがないが、いちおうは同じ釜《かま》の飯を食っている仲間なのである。

だが、敦彦は佐保に話を切りだすことができなかった。よけいなことを言って、気まずい空気になるのが嫌だったわけではない。

その後、梨々杏と似たような境遇に陥っているホステスが、二人も三人も立てつづけに相談にやってきたからである。売り掛けの客が飛んだ、実家の会社が傾いた、結婚詐欺にあったかもしれない。助けようにもこれではきりがない――敦彦は深い溜息をもらすしかなかった。

第六章　うたかたの人妻

1

いつの間にか夏が終わり、秋になろうとしてきた。

佐保に出会ってから一年、敦彦の生活は激変してしまったが、日本もまた激動の一年だったように思う。『ジャパン・アズ・ナンバーワン』――昨年末までは世界に冠たる経済大国として我が世の春を謳歌《おうか》していたはずなのに、いまではすっかり雲行きがあやしくなり、ニュースは株価の下落を連日報道。誰それが行方不明になっただの、どこそこの会社が潰《つぶ》れただのという不穏な噂話が、夜の街でも頻繁に聞こえてくるようになった。

午前七時、敦彦は朝日の差しこまないアパートの部屋で、苛立ちを隠せなかった。今日もまた、佐保の帰りが遅いからだ。彼女ほどの人気ホステスになれば、閉店後に飲み直す「アフター」の誘いは引きも切らず、業務の一環として付きあわなければならない。

それはいいのだが、以前までは、午前二時に店が終わってアフターに行っても、敦彦が店内の後片付けや掃除をして帰宅する午前四時前後までに帰ってくることが、暗黙の了解になっていた。

なのに、ここ一カ月くらいはなし崩しになり、午前七時とか八時になってから帰ってくる。もはや朝日が昇っている、完全なる朝だ。

しかも、最近佐保に熱をあげている指名客には、不安を誘うようなタイプが多い。身なりのきちんとしたお年寄りなら安心してアフターに送りだせるのだが、どんな仕事をしているのかもわからない、そのくせ眼つきだけは妙にギラギラした三十代の男が相手だったりすると、気がかりでしょうがない。佐保に限って間違いは犯さないはずだが、相手はあからさまに体目当てだ。一服盛られたりしたらどうしようなどと、疑心暗鬼《ぎしんあんき》にならざるを得ない。

午前八時を過ぎても佐保が帰ってこなかったので、敦彦は部屋を出て近所の喫茶店に足を向けた。あまりひとりで悶々《もんもん》としていると、いざ佐保と顔を合わせたとき、険悪な空気になってしまうかもしれないからだ。

近所にあるその喫茶店は、二〇二〇年代にはほとんど絶滅してしまったような昔ながらの店だった。入口付近にその日の新聞がずらりと並び、液晶ではなくブラウン管のテレビがあり、壊れた椅子を麻紐《あさひも》で修繕して座布団が敷いてあったりするのだが、モーニングセットが充実していた。チーズトースト、ゆで卵、ミニサラダ、それにコーヒーか紅茶で四百二十円。

敦彦はチーズトーストにタバスコを大量にかけて食べた。仕事を終えてから一睡もしていないが、こうなったら佐保が帰ってくるまで意地でも起きていてやるつもりだった。タバスコの刺激が熱いコーヒーで倍増され、ぼんやりと濁《にご》っていた意識が多少なりとも覚醒《かくせい》してくる。

テレビのニュースは、イラクのクウェート侵攻に端を発する湾岸危機を伝えていた。興味がなかったので、新聞を持ってきてひろげた。スポーツ紙が先客にことごとく奪われていたから、しかたなく一般紙だ。あくびをしながら社会面を眺めていると、眼を疑うような記事を発見した。父の名前がそこにあった。

——土地獲得に便宜《べんぎ》？　城島剛司県議、自殺か？

信じられなかった。父は自殺をするようなタイプの人間ではない。いや、そんなことより、死んだのはもう間違いないことのようだ。あの父が、もうこの世にいない……。

——県議会の城島剛司県議（58）が、籠瀬市北町の海岸で死亡しているのが十月三日に発見された。県警は自殺の可能性があると見て捜査している。城島県議は〈馬淵リゾート〉の土地獲得に便宜を図っていたと報じられたばかり。警察では関連性がないか捜査する方針という。

敦彦はしばらくの間、放心状態に陥っていた。涙は出なかった。不思議なくらい、悲しくもなかった。ただ、心にぽっかりと風穴が空いてしまったような気がした。

食べかけのチーズトーストに手を伸ばす気にはなれなかった。ピンク電話までふらふらと歩いていったものの、結局受話器を取ることができず、席に戻ってきた。実家はいま、大変な騒ぎになっていることだろう。一年近く消息を絶っている敦彦が電話をしたところで、混乱を深めるだけだ。

とにかくもう、父はこの世にいない……。

そしてその死には、〈馬淵リゾート〉が深く関わっているらしい……。

喫茶店を出て足を引きずるように歩いていると、タクシーに追い抜かれた。自宅マンションの前で停まり、降りてきたのは佐保だった。

白いロングドレスを着ていた。胸元や二の腕を露わにし、腰から下の艶めかしいボディラインを強調するようなデザインは、朝の陽射しの中で見ると異様だった。美しさより、毒々しさを感じた。

濃い化粧も、まだ酔っているらしきピンク色の頰も、十センチはありそうな銀のハイヒールもそうだ。ホステスとは非日常な生き物なのである。明るい住宅街を背景にしていると完全なる異邦人、いやエロスの星からやってきた異星人のようにしか見えない。

佐保は立ちどまって敦彦を待ち、気まずげな上眼遣いを向けてきた。怒ってるの？ と言わんばかりだった。彼女の帰宅が遅いことに腹を立てていたのは事実だが、いまはそれどころではなかった。敦彦は黙って佐保の脇を通り抜け、先に部屋に入った。

「なによその態度？」

佐保がふて腐れた顔で玄関扉を閉めた。

「文句があるなら言えばいいじゃないの。男らしくないわね」

「べつに文句なんか……」

「あるって顔に書いてある。最近ずいぶんアフターが長いじゃないか？　もしかして浮気してるんじゃないのか？」

「わかってるなら、早く帰ってくればいい」

敦彦はつい言い返してしまった。口論などすべきではなかった。佐保は酔っている。昨日の夜から、飲みっぱなしなのだ。いたわってやるべきだと頭ではわかっていても、口からは正反対の言葉が出ていく。

「最近よく、あやしい客とアフターしてますよね？　いかにもスケベそうな男と……あんなのと一緒に朝までいたら、そりゃ浮気を疑いたくもなるさ」

「なによ？」

佐保はハイヒールを放りだすように脱いで、敦彦の前までやってきた。

「本気で浮気を疑ってるの?」

「ああ」

敦彦はうなずいた。本心では、少しも疑っていなかった。しかし、釘を刺す必要はあると思った。浮気をしているとは思わないが、浮気を疑われるような行為はやめるべきだと……。

「へええ」

佐保は口の端だけで皮肉っぽく笑った。

「なんかちょっと嬉しいかも」

意味がわからず、敦彦は言葉を返せない。

「浮気を疑ってるってことは、嫉妬《しっと》してるってことでしょ? 嫉妬してるってことは、愛してるってことでしょ? 敦彦くん、わたしのこと愛してるなら愛してるで、そういうのもっとアピールしたほうがいいぞ」

上司が部下にするように、肩をポンポンと叩いてきた。「敦彦くん」と名前を呼ぶことも、普段はない。要するに彼女はふざけていた。

「キスして」

瞼を半分落とした妖《あや》しい顔で、顎《あご》をもちあげた。敦彦はあからさまに深い溜息をついてやった。そういう気分ではなかった。

「キスしてくれないなら、わたしからしちゃうぞ」

佐保はその場にしゃがみこみ、ベルトに手を伸ばしてきた。

「おっ、おいっ……なにをっ……」

敦彦は驚いて後退ったが、狭い部屋だった。背中はすぐに壁にあたり、ベルトがはずされた。ズボンとブリーフをめくりおろされ、力なく下を向いているペニスが露わになった。

「あら、可愛い」

佐保はクスクスと笑いながら眼を三日月形に細め、次の瞬間、ペニスを口に含んだ。逃げる暇もなかった。敦彦は背後の壁に両手をつき、首に何本も筋を浮かべた。まだ勃起していないペニスを頬張られるのは、少しくすぐったかった。しかし、生温かい女の口内で勃起していく感覚は鮮烈だった。いままでそんなことをされた経験などなかったからだ。

佐保の舌が口内ですばしっこく動きまわり、敏感なくびれを刺激してきた。三秒とかからず勃起した。むくむくと大きくなり、芯から硬くなっていくと、敦彦は腰を反らせて体中を小刻みに震わせた。

佐保にフェラチオをされるのは、これで二度目だった。一度目はあまりうまくできず、敦彦も罪悪感に苛《さいな》まれ早々に打ち切った。

だが、今日の佐保は違った。小さな状態から口に含んでいたせいか、勃起しきった男根を口唇でしっかりと受けとめ、淫らがましくしゃぶりあげてきた。以前はできなかった唇のスライドを悠々と行ない、指先で根元までしごいてくる。

「おおおっ……」

敦彦はたまらず声をもらした。鏡を見ればきっと、真っ赤に茹《ゆ》だった自分の顔と対面できただろう。

佐保の口は、吸引力が強かった。口内で大量の唾液を分泌すると、その唾液ごと、じゅるっ、じゅるるっ、と吸ってきた。男根を引き抜かんばかりに強く吸っては、根元を軽快にしごきたてる。時折、亀頭を口から出し、舌の裏表を使ってねちっこく舐めまわす芸当まで見せる。

敦彦は完全に翻弄《ほんろう》された。刺激に加えて、見た目もすさまじくエロティックだった。

あの佐保が、口のまわりを唾液でテラテラ光らせて、一心不乱に男根をしゃぶりあげているのだ。おまけに仁王立ちフェラだった。お姫様を足元にしゃがみこませている罪悪感に胸を揺さぶられながらも、訪れる快楽や興奮のほうがはるかに激しい。

佐保が欲しかった。

いますぐドレスの裾をめくりあげて貫いてやりたかったが、早くも射精欲がこみあげてきて、両膝が震えだしてしまう。疲れ魔羅《まら》というやつだろうか。疲労感がいつもより男根を敏感にしていて、長くはもちそうにない。

「出してもいいよ……」

上眼遣いで佐保がささやく。

「飲んであげるから、口の中で出して……」

それはあまりにも甘美な誘惑だった。佐保を抱きたい、貫きたいと思っているのに、経験したことがない魅惑の快楽へ、意識が流されていく。

佐保は鼻の下を伸ばした不様な顔を見せつけるようにして、フェラチオに没頭している。「むほっ、むほっ」という身も蓋もない鼻息さえ聞かせてくる。東京にやってきた日には、シャワーを浴びる前にベッドインするのを嫌がり、パンスト姿を見られただけで恥ずかしがっていたのに、まるで別人だ。

「ほら、我慢しなくていいんだよ」

唾液でヌルヌルになった男根を指でしごきながら、佐保が言った。眼つきがおかしかった。男の快楽に奉仕することに、陶酔しているようだった。

「もしかして、口の中じゃなくて、顔にかけたい？　それでもいいよ。あなたのザーメンで、わたしの顔を汚して……ほら……ほらあ……」

「くぅおおおおーっ！」

敦彦はのけぞるだけのけぞって、こみあげてくる衝動を耐えた。呼吸なんてとっくにしていなかった。火を噴きそうなほど熱くなった顔中から、脂汗がしたたっていた。

佐保の綺麗な顔を、自分の吐きだしたもので汚したくなんかなかった。それでも、快感に抗《あらが》うことはできない。佐保は根元をしごきながら、亀頭の裏筋を、チロチロ、チロチロ、とくすぐってくる。ダラリと伸ばした舌腹を、男根中に這いまわらせてくる。抗えることなんてできるはずがなく、敦彦はみるみるうちに喜悦の断崖まで追いこまれた。

「でっ、出るっ……もう出るっ……」

ドクンッと下半身で爆発が起こり、煮えたぎるような熱い粘液が尿道を走り抜けた。噴射したそれが、佐保の顔にねっちょりとかかった。佐保は一瞬、眼を閉じたが、すぐにまぶたをもちあげて、亀頭を口に咥えこんだ。したたかに吸いたてられ、ドクンドクンドクンッと続けざまに射精した。

「あああーっ！　あああああーっ！」

敦彦は女のような悲鳴をあげながら、身をよじって悶絶した。吸われながら果たす射精はいつもより出るスピードがずっと速く、男根の芯に電流が走り抜けるような衝撃があった。それはすぐに体の芯まで響いてきて、頭の先から爪先までビリビリと痺《しび》れさせた。

最後の一滴まで吸引されると、敦彦は糸の切れた操り人形のように、その場にへたりこんだ。しばらくの間、呼吸を整えること以外、なにもできなかった。

2

佐保がティッシュで顔を拭っているのを、敦彦はへたりこんだまま眺めていた。自分の出したものを彼女に拭かせるなんて申し訳ないと思ったが、放心状態から脱することはできなかった。

「すごい達成感……」

佐保は敦彦の隣に腰をおろすと、猫のように体を丸めて寝そべり、敦彦の太腿に頭をのせてきた。

「前にしたとき、うまくできなかったじゃない？　ずっと気になってたの。だからコツコツ練習してた。バナナとかで」

絶対に嘘だと思った。先ほどまでまるで疑っていなかった浮気を、いまは確信していた。これほどすごいフェラチオを、バナナを使って習得できるわけがない。セックスにおける愛撫とは、相手の反応を確認しながら行なうものだ。相手の反応によって調整し、相手のツボを探しだす。

心に空いた風穴に、冷たい風が吹き抜けていった。

彼女は変わってしまったようだった。人間、生きていれば誰だって変わる。変わることこそが生きること、とさえ言っていいかもしれない。

しかし、佐保の場合、変化の方向が悪かった。成長ではなく、退廃していた。かつて籠瀬にいたとき――金の亡者たちを軽蔑している彼女には、震えるほどの気品があった。そういう連中に故郷を乗っとられると怒り狂う姿は、いにしえの気高いお姫様そのものだった。

それがどうだ。いまや金と欲にまみれた自堕落《じだらく》な生活に溺れ、汚濁《おだく》に沈んでいこうとしている。

なぜなのだ？　と理由を問うたところでしかたがない。気がつけばそういうところに流れついていた、と彼女は答えるだけだろう。籠瀬にいたなら絶対に見ることができなかった景色を見ることができただけで、佐保にとっては汚濁にまみれた価値だってあるのかもしれない。

だが、このままでいいとは思えなかった。彼女をこのままにしておいたら、きっとどこまでも堕《お》ちていく。いまの振る舞いを見ていると、堕ちていきたいという願望さえ感じる。

彼女は復讐がしたいのかもしれない――唐突に、そんなことを思った。自堕落に生きることで、金の亡者《もうじゃ》と化した籠瀬の人間に……だが、そんな必要はもうないのだ。籠瀬の堕落《だらく》ももうすぐ終わる。

「さっき新聞で読んだんですけど……」

敦彦は大きく息を吐きだした。

「父が自殺しました」

「えっ……」

佐保は体を起こした。さすがに驚いている。

「小さい記事だったんで詳細はよくわかりませんが、土地がらみで〈馬淵リゾート〉と癒着《ゆちゃく》があったみたいです。それをマスコミに報じられて、みずから死をもって口をつぐんだ……」

佐保は息をつめたままだ。

「あわてて実家に電話しようとしましたけど、できませんでした。葬式にだって、どの面《つら》さげて参列すればいいかわからない。でもせめて、墓前に花くらい手向《たむ》けたい。親孝行ひとつできなかったお詫《わ》びに……間違ってますかね？」

佐保が背中を向けた。泣いているわけではなさそうだった。

「一緒に帰りませんか？」

黙っている。

「べつに父の墓前に花を手向けてもらいたいわけじゃないですよ。ただ、ちょっとだけ故郷の空気を吸ってもらいたいんです。東京の空気は汚れすぎている。籠瀬で深呼吸すれば、少しは……」

「わたしはね……」

佐保は背中を向けたまま遮ってきた。

「たとえ実家の父が亡くなっても、籠瀬には帰らない。誰が亡くなろうと、あそこにはもう二度と……絶対に……」

それは激しい拒絶だった。自分の過去への決別宣言にも聞こえた。

「あなた、帰りたいならひとりで帰って。わたしはここにいる。わたしはもう、東京の汚い空気に慣れちゃったの」

敦彦は言葉を返せなかった。ひどく疲れていた。昨夜から寝ていないし、射精までしてしまった。そういう体力的なことに加え、未来を考えると疲労感しか覚えない。

やはり、駆け落ちなど無謀な試みだったのだろうか。金もなく、仕事もない自分が、ひとりの女を幸せにできないことくらい、最初からわかりきっていたことだったのだ。

それでも、若気の至りと笑い飛ばすことのできないところまで、ふたりは来てしまっていた。佐保はすっかり昔の佐保ではなくなってしまったし、敦彦にしても、もう放蕩《ほうとう》息子の帰還はできない。帰還したところで、父はいない。いまさら戻ったところで、誰に対して泣きながら詫びればいいかわからない。

一週間後――。

敦彦はひとり、籠瀬に向かう列車に乗った。実家には連絡していなかった。納骨されているのかどうかもわからないから、墓前に花を手向ける意味などないのかもしれなかった。ただ、敦彦は故郷の空気で深呼吸したかった。その必要があるのは、佐保だけではないと思った。

帰省すると決めた瞬間、馬淵社長や軍司、あるいはやくざまがいの立ち退き屋たちの姿が、四六時中、脳裏をかすめていくようになった。

同時期に姿を消した敦彦と佐保が、駆け落ちと認識されているかどうかわからない。もしかすると、疑われてさえいないのかもしれない。籠瀬を出るときあれほど恐れていたのが嘘のように、追っ手の気配や身の危険を感じたことなど一度もない。

それでも、人目にはつきたくなかったので、途中で特急列車から各駅停車に乗り換え、籠瀬駅のふたつ手前にある無人駅で降りた。

他に乗り降りする人間など誰もいない閑散《かんさん》としたところだったが、クルマが一台停まっていた。「わ」ナンバーのコンパクトカーだ。

近づいていくと、運転席から女が降りてきた。夏希だった。彼女にだけは、帰省の連絡を入れていた。

「悪いな、こんなときばっかり頼って」

「いいのよ、普通のときじゃないし」

ひと言もなく行方をくらました理由を、夏希は訊ねてこなかった。先立って電話したときもそうだった。それがやさしさなのかなんなのか、敦彦にはわからなかった。ただ、いつか彼女に言われた台詞が、耳底に蘇ってきただけだ。

『敦彦くんって、いざとなったら逃げ足が速そうだから……』

夏希の運転で、城島家の菩提寺《ぼだいじ》に向かった。夏希によれば、父の納骨はやはりまだ先のようで、お骨は実家にあるらしい。

「それにしても、籠瀬も大変なことになっちゃったね……」

ハンドルを握りながら、夏希がつらつらとこの街の現状を話してくれた。

「田代さんていたでしょ？　『日本海日報』の。彼によれば、〈馬淵リゾート〉に警察の捜査が入るのは、もう時間の問題だって。政治家、建設会社、銀行、それにやくざとかも、みんなグルになってひどい立ち退きをさせたり、違法な融資をした疑惑もあるから、芋《いも》づる式に逮捕者が続出するに違いないって……」

「うちの親父は、結局なにをしゃべりたくなくて自殺したんだろう？」

「さあ……でも、普通に考えたら、亀田との繋がりじゃないかしら。あの人が裏で糸を引いてたはずだって、みんな言ってる」

亀田というのは、地元選出の参議院議員だ。父も懇意《こんい》にしていた。というか、亀田は高齢なので、後釜を狙っていたと言ったほうが正確か。

「こういうこと言うのあれだけど……敦彦くんのお父さん、口封じに殺されたんじゃないかって噂もあるのよ。誰が殺したのかわからないけど……」

疑うべき人間が多すぎる、ということだろう。

「もはや籠瀬は地盤沈下寸前だな」

「いいじゃないの、もう」

夏希はきっぱりと言った。

「この際だから、膿《うみ》は全部出し尽くしたほうがいいと思う。ゴルフ場とかテーマパークとかなくても、わたしは元の静かな籠瀬が好き」

行く手に海が見えた。敦彦は、納骨されていない墓に花を手向けるより海が見たくなった。夏希にそれを伝えると、適当な駐車場にクルマを入れてくれた。

敦彦はクルマを降り、少し歩いて、海の見えるガードレールに腰をおろした。群青色の海に、白い波が立っていた。いつ見ても荒々しい海だが、そのせいか見飽きることがない。

「元の静かな籠瀬か……」

自然にだけは恵まれているが、退屈なところだった。めぼしい観光地や名産品もなく、東京で知りあった人間に説明するのが恥ずかしかった。「裏の裏だな」と馬鹿にされたこともある。裏日本の、そのまた裏にあるような地味な土地柄、という意味だ。

夏希が隣に腰をおろした。ジーンズにベージュのパーカーという、飾り気のない格好をしていた。化粧だってほとんどしていないし、髪型にだって洒落《しゃれ》っ気がない。東京の夜の街で働いている敦彦の眼にはひどく素朴な女に見えたが、逆にそれが新鮮だった。

西日の差しこむ四畳半で、彼女と汗まみれでセックスしていたことを思いだす。たった一年前のことなのに、懐かしがることもできないくらいはるか昔に思える。あのまま彼女と結婚し、子を成して、籠瀬に根を張って生きるという選択肢もあったはずだ。いったいどこで、ボタンを掛け違えてしまったのか……。

夏希の太腿に視線を落とした。ジーンズがピチピチだった。彼女は着痩せするタイプで、脱がせると肉感的な体をしている。それが甘えた行動であるという自覚はあったが、敦彦はつい、手を伸ばしてしまった。

その手が太腿に届く前に、夏希は腰を浮かした。敦彦の手が届かない距離まで、座る位置を移動させた。敦彦は鼻白んで苦笑した。

「今日は敦彦くんに会えてよかった……」

遠い眼で海を見ながら、夏希は言った。

「黙っていなくなっちゃうから、きちんとお別れができなかったじゃない？　わたし、ずっと気になってたの。でも、今日会えたから、さよならを言うことができる……わたしね、いま田代さんと付き合ってるの」

敦彦は言葉を返さなかった。そんなことくらい、とっくに気づいていた。政治や経済にまるで関心のなかった夏希が、報道もされていない物騒な噂話まで口にした。そういうことばかり話題にしている男が、すぐ側にいるからに決まっている。

結局、菩提寺には足を運ばず、日本海を三十分ほど眺めただけで、敦彦は東京に戻る列車に乗った。

片道四時間を超える列車の旅を、日帰りしたのだ。深夜、自宅に戻るころには疲れきっていて、けれども車中でもずっとうとうとしていたのですぐに眠りにつける感じでもなく、どうしたものかと思いながら部屋の扉を開けた。

佐保がいないことに驚きはなかった。

時刻は午後十一時過ぎ。平日なので、まだ店にいる時間だ。しかし、ダイニングテーブルの上に、せんべいの空き缶が載っているのを発見し、胸騒ぎがした。書き置きが一緒にあった。

――わたしはとことん堕ちていくことに決めました。それしか、わたしが自由になれる道はない。でも、若いあなたにそこまで付き合わせるのは忍びありません。いままでありがとう。お金は半分、置いていきます。

空き缶を開けると、一万円札がびっしり詰まっていた。数えるのが面倒なほどの大金だった。そんなことにかまっていられなかった。敦彦は部屋を飛びだし、店に向かって全速力で走った。

3

「まいっちゃったよ、まったく……」

店長の野崎は敦彦の背中を押して事務所に入ると、聞き耳を立てている人間がいないことを念入りに確認してから、扉を閉めた。

「オープン前に電話がかかってきて、いきなり辞めますって……そんなこと言ったって、今日だって同伴の約束もあれば、指名のお客さんもいるわけだよ。さっきまでクレーム処理で大わらわさ。いったいどうしちゃったの、咲良ちゃん？　銀座のクラブあたりに引き抜かれたのかね？」

佐保の所在を訊ね、返ってきた言葉がそれだった。佐保がどこにいるのかこっちが知りたい、というわけだ。

結局、三日経っても一週間経っても、佐保は戻ってこなかった。敦彦に彼女を捜す術はなかった。手がかりがなさすぎる。名を偽《いつわ》り、素性を隠して、日本全国どこに行ったのかもわからない女を捜しだすなんて、腕利きの探偵だってできるかどうか……。

人間関係や立ちまわり先でもわかれば話は別だろうが、佐保が東京で唯一築きあげた人間関係は、店の客だけだった。どうせ手がかりになるようなことはしゃべっていないだろうと思いながら、敦彦は何人かにあたってみた。目当ての女の不在を嘆《なげ》いたり、怒りだしたり、中には泣きながら胸ぐらをつかんでくるような爺《じい》さんまでいて、話にならなかった。

佐保が姿を消してひと月後、敦彦は店を辞めた。一日に何度も「咲良ちゃんはどうなったの？」と訊ねてくる野崎が鬱陶しかったからだが、店を辞めると必然的に寮からも出なければならなかった。

途方に暮れてしまった。駆け落ちまでした男をこんなにあっさり捨てるなんて、と佐保に対して怒りがおさまらなかった。怒り狂いながら神社や寺に赴《おもむ》き、頼むから戻ってきてくれと祈ったりもした。

ようやく佐保の不在を受け入れられるようになると、今度は彼女の身の上が心配になった。残された書き置きには、「わたしはとことん堕ちていくことに決めました」などと不吉な言葉が綴《つづ》られていた。どういう意味だろうか？　彼女はひとりではないはずだった。ひとりでは電車にも乗れないのだから、かならず連れがいる。どんな男とどういうふうに堕ちていこうとしているのか、考えはじめると夜も眠れなかった。

女々《めめ》しいことは重々承知していたが、店の寮を出た敦彦は、東京タワーの見えるホテルにチェックインした。上京した当初、佐保と泊まっていたホテルだ。同じ部屋をとり、楽しかった思い出を何度も何度も反芻《はんすう》した。

あの一週間は幸せのピークだった。あの一週間を生きるために自分はこの世に生まれてきたのかもしれないと思うと、完全に抜《ぬ》け殻《がら》になった。輝かしき日々は過去にだけあり、未来がまったく見えなかった。

バチがあたったのだと思った。自分たちが駆け落ちしたことで、傷つけたり、迷惑をかけた人は枚挙《まいきょ》に暇《いとま》がない。自分はいま、それを味わわされているのだ。残された者の耐えがたい喪失感を……。

三日間、ろくに食事もとらず、部屋で酒ばかり飲んで過ごした。

いっそのこと、餓死するまでここに立て籠もっていようかと思った。どれくらい立て籠もれるか確認するため、佐保が残していった金を数えた。九百万近くあった。彼女がラウンジで働いていた期間は一年に満たなかったが、その間にこの倍額を貯めこんでいたとしても驚きはなかった。一夜のチップだけで四、五万稼ぐ日もあったくらいだし、逆に出ていく金はほとんどなかったのだ。豪華な食事は客の奢《おご》り、ドレスだって客が喜んであつらえてくれる。

金、金、金……まったく嫌になってくる。金というのは、それほど大切なものなのか。生きていくためには、もっと重要なことがあるのではないか。

ギリッと歯嚙みした敦彦は、衝動がこみあげてくるのを感じた。もはやいつ死んでも後悔しないという厭世感《えんせいかん》は、暴力的な破壊衝動と裏腹だった。むちゃくちゃなことがしたくなった。徹底的に羽目をはずし、佐保の残していった金を、できるだけ馬鹿馬鹿しいやり方で遣いはたしてやりたい。

日曜日の午後だった。窓から見える空はよく晴れていた。街に繰りだして金をばらまくような遊びをしてやろうかと思ったが、真っ昼間では飲み屋も開いていない。

ふと思いたち、梨々杏に電話をしてみた。

敦彦が店に出た最後の日、「わたしも今日でお店辞めることになりました」と挨拶してきた。金策に走りまわったが結局二百万には遠く及ばず、風俗で働くことに決めたらしい。そんな報告を、捨てられた仔猫《こねこ》みたいな眼で告げてきた。

「はい、もしもし……」

電話に出た梨々杏の声は、地獄の底から響いてくるように暗かった。

「俺だよ。城島。元気かい？」

「元気だと思います？」

「風俗でもう働きだしたの？」

「昨日面接でした。仕事は明日から……場所は言いたくないですけど、ソープランドです。アハハ、お風呂に沈むってやつですね。まさか自分がそんなことになるなんて、夢にも思ってませんでしたけど……」

もはや開き直りの境地なのか、自虐的《じぎゃくてき》に笑う。

「で、なんですか？　まさか、人の不幸を嘲笑《あざわら》うために電話してきたんじゃないですよね？」

「朗報だよ。二百万、都合してやってもいい」

「……冗談でしょ？」

「俺は冗談が嫌いなんだ。いまから言うホテルに来てくれ。一流ホテルだから、くれぐれも身だしなみに気をつけてな。あと、タクシー使っていい。金は払うから……」

その誘いが、梨々杏にとって地獄に垂らされた蜘蛛《くも》の糸に見えたかどうかはわからない。敦彦も自分で話していて、胡散くさい話だと思った。だが、バブルの時代には眉をひそめたくなる胡散くさい話が、現実になることがよくあった。

一時間後、梨々杏は藁《わら》にもすがるような顔でホテルの部屋に現れた。


敦彦は同じ電話を、あと二名にもかけていた。

梨々杏と似たような事情で金に困り、風俗に行く寸前まで追いこまれているホステスである。

ひとりは真奈美《まなみ》、二十五歳。昼間は大手メーカーのOLをしている。丸顔に巨乳、ふっくらした体形は、男好きするタイプと言えなくもない。だが、性格がおっとりしすぎていてホステスとしては売れなかった。彼女もまた、売り掛けの客に飛ばれた。補塡しなければならない額は、百五十万。

もうひとりは可南子《かなこ》、三十四歳。ホステスとしてはトウの立った年齢だが、知的な美貌にモデル体形と容姿は抜群。その美しさは認めざるを得ないものの、若い梨々杏や真奈美と違い、敦彦はちょっと苦手だった。年も十近く上だし、性格が高飛車《たかびしゃ》なので、店では顎で使われていた。

女子高の英語教師という驚きの表の顔をもっているのだが、その実態はブランド狂いの買い物依存症。あちこちに借金があるという。悪い筋からも借りてしまい、とりあえずいますぐ百八十万を返済しなくてはならないらしい。

「どうもすいません。お忙しいところお呼びだてして」

敦彦はベッドに腰をおろし、三人の顔を眺めた。三人は向かいのソファに座っている。敦彦との間には、ガラスのローテーブルがあり、その上には札束が三つ置かれていた。帯封がついていないのでずいぶんと高い山になってしまったが、二百万ずつだ。

「みなさん、ずいぶんとお金にお困りのようですから、お力添えになれればと思いましてご足労いただきました。こちらの条件を呑んでいただければ、そのお金、貸すんじゃなくて差しあげます」

梨々杏と真奈美は眼を見合わせ、可南子は挑むように睨んできた。あまりにもうますぎる話だからだろう。

「ハハッ、可南子さん、そんなに怖い顔しないでくださいよ。これでもいちおう、善意に基づいた提案なんですから。それでまあ、条件っていうのは、まず梨々杏と真奈美」

ふたりはハッとして背筋を伸ばした。

「キミたちはホステスに向いてない。その金で売り掛けを精算したら、水商売から足を洗ってください。欲をかかずに地道に生きていくんです。それを約束できますか？」

梨々杏と真奈美は眼を泳がせながらも、うなずいた。そんなことで二百万ももらえるんですか、という顔をしている。

「それから、可南子さんはもういい加減、買い物依存症から卒業してください。ローンとかあるんでしょうから急に水商売をあがるのは無理でも、昼間の仕事もあるんでしょ？　もうちょっと大人になってくださいよ」

十歳近く年下の男に説教され、可南子は苦虫を嚙みつぶしたような顔になった。彼女は宴席の仕切りが得意なので、店の中心メンバーのひとりだ。若いふたりとは違い、いちおうホステスには向いている。

「どうなんですか?」

「わかった、約束する」

悔しげにボソリと言った。背に腹は替えられない、というわけだ。

「で、もうひとつの条件ですが……」

敦彦は三人の顔を順番に見渡した。梨々杏と真奈美は、あきらかに高揚した顔をしていた。風俗に行かなくてすむかもしれない、と期待に胸をふくらませている。一方、最年長の可南子だけは知的な美貌を緊張にこわばらせ、瞳に猜疑心《さいぎしん》を浮かべていた。嫌な予感がするのだろう。そんな約束くらいで二百万ももらえるはずがない——申し訳ないが、その予感はあたりだ。

「いまから僕と4Pをしてもらいます。この二百万で、あなたたちの時間を明日の朝まで買いとるってわけです。つまり、明日の朝まで僕の指示は絶対、口答えは許されません」

梨々杏と真奈美の顔が、揃って泣きそうになったのがおかしかった。

「ふっ、どうせそんなことだろうと思った」

可南子が鼻で笑う。

「わたし、お金のために体を許すなんて絶対にいや。そういうこと言われたら断ろうと思ってここまで来たけど……ひと晩で二百万ね。さすがにグラッとするなあ……でも4Pは欲張りすぎじゃない？」

「そうでしょうか？」

「そうよ。欲張らないでひとりずつでいいじゃない？　敦彦くんだって、ひとりずつなら三回楽しめてお得じゃないの」

「お得かどうかは、僕が決めることなんですよ」

敦彦は険しい表情で立ちあがると、可南子の前に積まれた札束をつかんだ。

「これが欲しいか欲しくないか、そういう話をしてるんです。条件が呑めるなら、それでOK。呑めないなら、さっさと出ていけばいい」

可南子は唇を嚙みしめて睨んできた。彼女はプライドが高い女だった。教師という社会的地位の高い本職もあれば、夜の街で宴席を仕切れる腕もある。店では居丈高に指示を出していた梨々杏や真奈美の前で裸になり、男根を突っこまれてあんあん悶《もだ》えるところなんて見せたくないに違いない。

しかし、だからこそ敦彦は、可南子を4Pに引きずりこみたかった。ひとりの女が、金の力の前に心が折れる瞬間に立ちあいたかったのである。

「これが欲しいんでしょ、これが」

敦彦は札束で可南子の双頬をなぶった。

「これがなけりゃ、学校にまでやくざみたいな取り立て屋が来ちゃうかもしれないんでしょ。べつに僕はね、無条件でこの金を渡したっていいんですよ。僕はもう、金なんて見たくもないんだ。でも、それじゃあ可南子さんのためにならない。絶対に同じあやまちを繰り返す。可南子さんのためを思って、あえてきつーいお灸《きゅう》をすえてあげようとしてるんですよ」

パシッ、パシッ、と札束で頬を叩いていると、可南子は眼に涙を浮かべはじめた。心はまだ折れていないようだった。眼尻の涙を指で拭いながらも、唇を嚙みしめて必死に自分を保っている。

「どうするんですか？」

敦彦は札束で叩くのをやめた。

「4Pをするんですか、しないんですか？　しないなら、さっさと出ていってください。あっ、タクシー代をまだ渡してなかったな」

　敦彦は二百万の札束から一万円札を二枚抜き、可南子の鼻先に突きつけた。

「どうぞ、わざわざありがとうございました」

「……やるわよ」

　可南子は二万円から眼をそむけ、蚊の鳴くような声で言った。

「やればいいんでしょ、やれば……」

　悔しげに声を震わせる可南子の姿に、敦彦はぞくぞくするほど興奮した。これが金の力かと思った。金さえもらえるなら、ずっと年下の後輩たちの前で、この女は醜《しゅう》態《たい》をさらすのだ。いままで顎で使っていたボーイに犯されることさえ、受け入れるのだ。

「そうですよ。やればいいんですよ、やれば」

　敦彦は満面の笑みを浮かべてうなずいた。最初に恥をかかせるのは可南子にしよう、と心の中で決めていた。

4

「じゃあ、早速脱いでもらいましょうか」

敦彦は可南子の耳元でささやいた。

「いちばん年上なんですから、先陣切って彼女たちに手本を見せてください」

腕を取り、立ちあがらせた。いつも背筋をピンと伸ばしている彼女なのに、極端な猫背になっている。

梨々杏と真奈美は、固唾を呑んで敦彦と可南子のやりとりを見守っていた。黙ってここにいるということは、彼女たちも4Pに参加する意志がある、と判断していいだろう。

梨々杏は白いニットにピンクのミニスカート、真奈美は花柄のワンピース。どちらも上にコートを羽織《はお》ってきたものの、一流ホテルに相応《ふさわ》しいコーディネイトとは言いがたい。

その点、可南子はチャコールグレイのタイトスーツだ。さすがにきちんとしている。

きちんとしている女のほうが、脱がせ甲斐がある。

「ほら、早く脱いで」

急かしても、可南子は猫背になって両腕を前に組み、身震いしているばかりだった。部屋には午後のやわらかい陽光が差しこみ、とても明るい。間近にある東京タワーも、まだ燃えるような輝きを放っていない。

「可南子さん、自分で脱げないんですか？　じゃあキミたち、おねえさんを脱がせてあげてくれる？」

梨々杏と真奈美に声をかけると、ふたりはおずおずと立ちあがったが、

「じっ、自分でできます！」

可南子は焦《あせ》った声をあげ、震える手指で上着のボタンをはずしはじめた。ブラウスは白だった。女教師の見本のような格好だったが、その下から現れたブラジャーは、ハーフカップの豹《ひょう》柄《がら》だった。

一瞬、おかしな空気が流れ、敦彦は梨々杏や真奈美と眼を見合わせてしまった。スカートがおろされると、こちらもきわどい豹柄のハイレグパンティが、ストッキングに透けて股間にぴっちり食いこんでいた。

敦彦がプッと吹きだすと、梨々杏や真奈美も笑った。下着までキメキメにおめかししてきたのは一目瞭然《いちもくりょうぜん》だった。チャコールグレイのスーツでシックに装っても、中身はやる気満々で、いつでもベッドインOKだったのだ。金さえ手に入るなら……。

「いやらしいな」

敦彦は可南子にストッキングを脱がせる隙を与えなかった。

「可南子さんって、本当にドスケベだったんですね。店で下ネタ連発しているのは目くらましかと思ってましたけど、リアルにセックスが大好きなんだ」

「どっ、どうしてよ？　こんな下着、レギュラーよ」

「嘘ばっかり。まあ、いいですよ。いま本性を暴《あば》いてあげますから」

敦彦は可南子の腕を引っぱり、ベッドに突き飛ばした。

「さあ、みんなで彼女を脱がせよう。適当にやるなよ。二百万は安くないぞ。風俗に行かないで普通の生活に戻れるんだから、今夜だけは馬鹿騒ぎに付き合ってくれ」

「わかりました！」

梨々杏はラジャーと敬礼でもしそうな顔でうなずくと、我先にとベッドにあがっていった。二百万の価値を、彼女はよくわかっているようだった。おっとりタイプの真奈美の反応は鈍かったが、それでも敦彦の言っていることは伝わったようで、ベッドにあがって可南子の腕を押さえる。

「いっ、いやっ……なにするの、やめてっ……」

三人がかりでX字に押さえこまれた可南子は、ジタバタと暴れた。虚《むな》しい抵抗だった。いくら嫌がっても、それは本気ではない。彼女はすでに、金の魔力の軍門に下っている。

梨々杏と真奈美にブラジャーを奪われ、敦彦にストッキングをめくりおろされた。残るは豹柄のパンティ一枚。真っ赤になって羞じらっている可南子を見ても、罪悪感はわかなかった。むしろどんどん残酷な気分になっていく。金でプライドを売ったこの女に、それがどういうことなのかきっちりと教えてやらなければならない。

パンティを脱がした。小判形にひっそり生えた陰毛に、三人の視線が集まる。

「見ないでっ……見ないでっ……」

可南子の言葉は、その場にいる誰にも届いていなかった。意外だったのは、梨々杏と真奈美の眼が急に輝きだしたことだった。可南子の姿は、数時間後の自分の姿である。にもかかわらず、乳首や陰毛をさらしている先輩ホステスを、嘲笑うかのような顔をしている。敦彦が思っている以上に、可南子は陰でふたりに冷たくあたっていたのかもしれない。

「乳首、けっこう黒いんですね？」

梨々杏が唇を歪めて言うと、

「ホント、なんか年季入ってるって感じ」

驚いたことに、真奈美が乳首をつまんだ。

「これってやっぱり、男に相当吸われたんですか？」

「うっ、うるさいっ！」

可南子が真奈美を睨みつける。だが、全裸で涙眼では迫力などない。

「ねえ、可南子さんって。枕営業してたんでしょう？」

梨々杏も反対側の乳首をつまむ。

「やーん、コリコリしててやーらしい。可南子さん、絶対枕営業してましたよね。正直に答えてくださいよ」

「してるわけないでしょ！」

可南子は眼を吊りあげたが、すぐに泣きそうな顔になった。敦彦が両脚をひろげたからだ。M字開脚にしっかりと押さえこみ、女の花から尻の穴まで、恥部という恥部をさらしものにした。

「いっ、いやあああっ……」

髪を振り乱す可南子をよそに、梨々杏と真奈美は興味津々な眼つきで股間をのぞきこんでくる。

「うわあ、こっちも真っ黒」

「黒い花びらって感じ。しかもびらびらしすぎ」

ふたりは底意地の悪い笑みを浮かべて指を伸ばし、可南子の花をツンツンと突いた。つまんでひっぱり、サーモンピンクの内側を露わにしてしまう。敏感な粘膜に新鮮な空気を浴び、可南子が屈辱に歪んだうめき声をあげる。

ずいぶんノリノリじゃないか……。

ふたりの振る舞いは完全に想定外だったけれど、敦彦にとっては歓迎すべきものだった。男に恥をかかされることにはある程度耐えられても、同性の、しかもずっと年下の後輩に恥部をもてあそばれるとなると羞恥や屈辱のレベルは格段にあがる。三十四歳の可南子に対し、真奈美は二十五歳、梨々杏にいたってはまだ二十歳なのである。

可南子にしてみれば、自分が教えている女子高生と大差ない。

「やっ、やめてっ……やめなさいっ……」

可南子は涙眼を必死に吊りあげてふたりを睨むが、視線は虚しく宙を舞うばかりだ。

「お尻の穴まで丸出しなのに、強がらないでくださいよ」

「ホント！　よく見みたら、お尻の穴まで真っ黒じゃないですか」

梨々杏と真奈美はますます眼を輝かせて、可南子を愛撫しはじめた。そう、それはもはや、意地悪ではなくて愛撫だった。

梨々杏がクリトリスの位置で手指を動かしはじめると、真奈美は爪を立てたフェザータッチで内腿をくすぐりまわした。さわさわ、さわさわ、と見るからにいやらしい手つきで……。

「いっ、いやっ……いやあああっ……」

可南子は顔を真っ赤にして身をよじったが、愛撫しているのは女の性感を知り尽くしている同性で、しかもふたりがかりだった。サーモンピンクの粘膜は次第にねっとりと濡れ光りだし、発情の匂いを放ちはじめる。ベッドの上の光景が、にわかにエロスに満ちていく。

敦彦は可南子の両脚を押さえているだけで、しばらく様子を見守っていたのだが、参戦せずにはいられなくなった。顔を近づけ、舌を伸ばし、サーモンピンクの粘膜を舐めた。

「あううっ！」

可南子は刺激にのけぞった。唾液が呼び水となって、新鮮な蜜があふれだしてきた。敦彦が舌先を素早く動かすと、猫がミルクを舐めるような音がたった。梨々杏と真奈美がそれを聞いて笑う。真っ赤に染まっている可南子の顔が、羞恥にきりきりと歪んでいく。

敦彦は激しく興奮した。もっと辱めてやりたかった。可南子の尻の穴は、黒いというのは大げさにしろ、色素沈着がかなり濃かった。そこに舌を這わせた。可南子がおぞましげな声をあげたが、どうだってよかった。

敦彦の心は、まだ逃げた女に占領されていた。佐保にも尻の穴にキスをした。服従を誓うキスだ。あれとこれとはまったく違うということだけは、はっきりさせておかなければならない。

「可南子さんの尻の穴、くさいですよ」

鼻をつまんで言ってやった。

「オマンコもくさいし、これじゃあ抱く気にもならないなあ」

「やだ、もう！」

「アハハ、くっさい、くっさい」

梨々杏と真奈美はゲラゲラと笑いだし、可南子の頬に涙が伝った。プライドがポキリと折れる音が聞こえたような気がした。次の瞬間、嗚咽《おえつ》をもらし、泣きじゃくりはじめた。少女のような手放しの泣きじゃくり方だった。

梨々杏と真奈美は笑いつづけている。敦彦もそうだ。もちろん、泣いたくらいで許すわけがなかった。二百万ももらっておいてこれくらいで泣きだすなんて、むしろお仕置きが必要だ。

敦彦はいったんベッドから降り、テーブルに置いてあったシャンパンの空き瓶を手にした。

「うわっ、ピンドンじゃないですか」

ベッドに戻ると、梨々杏が眼を丸くした。

「中身はもうないぜ。飲んだことなかったから、試しに飲んでみたんだ」

敦彦はボトルに残っていたシールをきれいに剝がすと、先端を可南子の割れ目にあてがった。さすがにその場に緊張が走り、梨々杏も真奈美も息を呑んだ。可南子は「ひっ、ひっ」と嗚咽を漏らしながら、眼を見開いている。ひきつりきった双頰が、いまにもピクピクと痙攣しそうだ。

「可南子さんのオマンコくさいから、チンポじゃなくてこれで犯させてもらいますよ。いいですよね、二百万も払うんだから」

可南子は唇をわななかせたが、言葉を発することができなかった。瞳に諦観が浮かんできた。もうどうにでもして、という心の声が聞こえてきそうだった。

敦彦は梨々杏と真奈美に目配せした。

「三人で可南子さんをイカせてやろう。派手にイカせたら、ルームサービスでピンドンとって乾杯だ」

「本当に？」

梨々杏が声をはずませ、

「冗談は嫌いだって言ってるだろ」

敦彦はボトルの先端を割れ目にぐっと押しこんだ。シャンパンのボトルには、コルク栓をワイヤーでとめるために少し出っ張った部分がある。よく見るとエロティックな形状をしていて、案外気持ちよさそうだ。

「いっ、いやあああーっ！」

シャンパンボトルを陰部に埋めこまれた可南子は、ガクガクと腰を震わせた。涙もとまっていなかったが、蜜も大量にあふれてきた。ずぼずぼと抜き差しすると、獣じみた悲鳴があがった。

「いやーん、ピンドンに犯されてる」

「もっと気持ちよくしてあげましょうねえ」

ピンドンのご褒美《ほうび》に釣られたのか、あるいは積年の恨みを晴らすためか、梨々杏と真奈美は喜々として愛撫に精を出した。ふたりとも、サディストの素養があるのではないかと思ったくらいだ。

「ああっ、ダメッ……許してっ……あううーっ！」

梨々杏と真奈美に代わるがわるクリトリスや乳首をいじりまわされた可南子はあられもなくよがり泣き、頬を濡らす羞恥と屈辱の涙が、いつしか喜悦の涙に変わっていった。

5

部屋の片隅で、ささやかな立食パーティが始まった。

敦彦と梨々杏と真奈美は、フルート型のグラスに注がれたピンドン――ドン・ペリニヨンのロゼで乾杯した。渇いた喉に強い炭酸が染みた。ひとりで飲んだときよりずっと旨《うま》く感じるのは、シャンパンが祝福の酒だからだろう。

ホテルのルームサービスでも、ピンドンは十万円以上する。店なら二十万で、六本木あたりの高級クラブなら三十万くらいするかもしれない。

売れないホステスである梨々杏と真奈美は、おそらくそんな高い酒を客に振る舞われたことがない。グラスを傾けると眼をつぶり、しみじみと美味を嚙みしめている。つまみはキャビアだ。それもまた、ふたりにとっては憧《あこが》れだったらしく、シャンパンとのマリアージュにはじけるような笑みをこぼす。

その一方。

可南子はひとり、ベッドの上だった。ひとり服を着ることさえ許されず、全裸のまま正座している。そうしていろ、と敦彦が命じたからだ。

「まったく、シャンパンボトル相手に三回も四回もイクなんて、どれだけ淫乱なんですか。呆れましたよ。少し正座して反省してください」

三回も四回もオルガスムスに達したのは事実だったので、可南子に反論することはできなかった。それも、普通のイキ方ではなかった。部屋中に響くあえぎ声を撒《ま》き散らし、体中の肉と肉をいやらしいほど痙攣させて、すさまじい勢いでビクビク、ビクビクと腰を跳ねあげたのだ。

三十四歳の体は充分に熟《う》れて、いくら羞恥や屈辱を与えられても、肉悦の誘惑には勝てなかったらしい。一度イッてしまえばタガがはずれたようにみずからイキたがり、腰は振りたてるわ、もっと突いてとねだってくるわ、さんざんな醜態をさらしたのである。

「それにしても、すごいイキッぷりだったな」

敦彦が思いだし笑いをすると、

「ホントですよね」

梨々杏もケラケラと笑った。

「でも、わたしも興奮しちゃったな。可南子さんがイキまくるの見てて」

「へええ」

敦彦は卑猥な笑みをこぼした。なんだか、梨々杏のほうからプレイの再開を求められたような気がした。若いだけあって、割りきりがいいのかもしれない。どうせならこの非日常的な破廉恥パーティを楽しんでしまおう——そんな気分が伝わってくるようだった。

「そっちはどうだい?」

真奈美を見ると、恥ずかしげに顔を伏せ、もじもじと身をよじった。しかし、その双頰がピンク色に染まっているのは、シャンパンのせいだけではなさそうだった。

「……わたしも、興奮、しました」

ささやくような小声が、よけいにいやらしい。

敦彦は梨々杏と真奈美を見比べて吟味《ぎんみ》した。白いニットにピンクのミニスカートの梨々杏は、ホステスとしては健康的すぎるが、昼の陽光が差しこむ部屋の中で見れば、その健《すこ》やかさがまぶしい。丸みを帯びたバストとヒップ、肉感的な太腿など、その体付きは少し夏希を彷彿とさせる。

一方、花柄のワンピースを着た真奈美は、とびきりの巨乳だ。全体がぽっちゃりしているせいもあるが、着衣の状態でも迫力満点のボリュームで、男としては生身を想像せずにはいられない。

どちらも魅力的だった。どちらかと先に楽しむのは愚の骨頂だと思った。徹底的に羽目《はめ》をはずすと決めた以上、どちらも一緒に求めればいいだけだ。

敦彦はふたりに手招きして近くに呼んだ。

「三人でキスをしよう」

梨々杏と真奈美は一瞬眼を丸くしたが、すぐにおずおずと舌を差しだしてきた。多少興奮しているのは事実かもしれないが、ふたりが従順なのはベッドで正座している可南子の存在も大きかったはずだ。

文句を言ったり、尻込みしたら、今度は自分がいじめられるかもしれない――顔には出さずとも、ふたりは確実にそう思っていたはずだ。一方はピンドンで乾杯で、一方は全裸で正座。誰だってピンドンで乾杯のほうに身を置きたいに決まっている。

敦彦も舌を差しだし、三人で舌をからめあった。ふたりでするときと違い、舌を大きく差しだしていなければならないが、舌先をくなくなと動かしながらふたつの舌を味わう快感は、想像以上だった。全員の口からシャンパンの香りが漂っているのも、気分を華やかなものにしてくれる。

唾液に糸を引かせながら、敦彦はふたりの尻に手を伸ばしていった。梨々杏の尻は、見た目通りに丸かった。真奈美は豊満で柔らかい。それぞれのスカートの中に手のひらを侵入させていく。尻の桃割れをなぞりたてると、湿っぽい熱気が指にからみついてきた。ふたりともだ。興奮していたというのは、嘘ではないようだった。

「ぅんんっ！」

敦彦は梨々杏を抱きしめて深いキスをした。白いニットとピンクのミニスカートを脱がし、下着姿にした。

続いて真奈美にも、同じことをする。下着の色は、梨々杏がペパーミントグリーンで、真奈美が赤だった。なんだかどちらも、水着のビキニのようだ。

「それは自分で脱ぐんだ」

命じると、ふたりは素直に従った。梨々杏がたわわな乳房をブラジャーからこぼし、黒い草むらを露わにする。真奈美が巨乳を開陳した瞬間は、さすがに眼を見張った。

たっぷりとした量感も、全体に比例して大きすぎる乳暈《にゅううん》も、むしゃぶりつきたくなるほど素晴らしい。

真奈美がパンティを脱ぐと、ふたりをベッドにうながした。

「じゃあ、三人並んで、オマンコを見せてもらえるかな」

枕元のヘッドボードに背中をつけるようにして、三人を並べた。右から梨々杏、可南子、真奈美の順だ。

正座から解放されても、可南子の顔に安堵《あんど》は浮かんでいなかった。今度は若いふたりと体を比較されるのだ。知的な顔は美しいし、モデルのようにすらりとしたスタイルだって悪くないが、すでに三十四歳。服を着ていれば挙措《きょそ》で誤魔化せることも、全裸ではできない。ましてや彼女は、シャンパンボトルでイキまくり、女として恥という恥をさらしたばかり。左右にいるふたりと、まともに眼も合わせられない。

「さあ、脚を開いて」

敦彦のひと言で、次々と女の花が咲き誇った。梨々杏は恥ずかしそうに身をよじりながら両脚を開き、真奈美は脚を開く前から顔を真っ赤にしていた。すでにすべてをさらしている可南子にしても余裕などまったくなく、震える唇を嚙みしめている。彼女の耳底には、「黒い」「くさい」と陰部を蔑まれた声が、まだ生々しく残っているに違いない。

敦彦はなんとも言えない満足感を胸に抱いていた。こんなふうに女に脚を開かせることができるなんて、金の力というのは恐ろしいと思った。ホステスをしているからといって、三人は特別尻が軽いわけではない。それどころか、表の顔は女子大生、女教師、大手メーカーのＯＬなのである。

「壮観だな……」

女の花を、一つひとつじっくりと見比べていく。梨々杏は毛が薄いほうで、こんもりと盛りあがって色のくすんだ部分が、つぶさにうかがえた。その中心で、やや鉛色がかったアーモンドピンクの花びらが、行儀よく口を閉じている。花びらは小ぶりだが肉厚で、結合感がよさそうだ。

シャンパンボトルの荒淫にさらされた可南子の花は、花びらがだらしなく口を開き、サーモンピンクの内側が見えていた。若いふたりに比べればたしかに黒いが、それがかえっていやらしい。絶頂の残滓でテラテラと光っているせいもある。サーモンピンクの粘膜には、白濁した本気汁までからみついている。

真奈美の陰毛は濃いほうで、割れ目のまわりまでびっしりと茂っていた。花びらは大きく、くにゃくにゃと縮れながら巻き貝のように身を合わせている。三人の中では、いちばん立体感があり、ピストン運動を行なったとき、弾力を楽しめそうである。

「開いて中まで見せてもらえますか」

そのやり方には、三者三様の個性が光った。梨々杏は前から両手で開き、真奈美は太腿の後ろから両手をまわした。つやつやと濡れ光る薄桃色の粘膜はどちらも初々しかったが、身も蓋もないやり方だった。

その点、可南子はセクシーな挙措を心得ていた。眉根を寄せ、「くっ」と首に筋を浮かべながら、右手だけを陰部に伸ばした。人差し指と中指で逆Vサインをつくって、割れ目をそっとひろげたのである。

さすがだな、と敦彦は内心でニヤつきながら、服を脱ぎはじめた。ブリーフまで一気に脚から抜いて、勃起しきった男根をさらけだした。

臍《へそ》にぴったりと張りつく勢いでそそり勃ち、自分でも恥ずかしくなるほどだった。しかし、ある意味それも当然だった。佐保がいなくなって以来、ひとりでいるときはずっと酒浸《さけびた》りで、自慰すらしていなかったのだ。その状態で、割れ目をひろげた女が目の前に三人もいれば、痛いくらいに反り返ってもしかたがない。反り返らないほうがむしろおかしい。

「舐めてもらいましょうか」

敦彦は梨々杏と真奈美に手招きした。

「可南子さんはあとで……まずは若いふたりにやってもらいます」

ベッドの下で仁王立ちになっている敦彦の股間に顔を向け、梨々杏と真奈美は四つん這いで近づいてきた。ふたりとも、ふたりがかりの口腔奉仕の経験なんてないだろう。

「さっき三人でキスしたじゃないですか。あの要領で……」

敦彦が男根の根元を握りしめて切っ先を突きだすと、梨々杏と真奈美は舌を出してチロチロと舐めはじめた。

「むううっ……」

敦彦は腰を反らせた。ふたりの女が別々のリズムで舌を動かすから、刺激が複雑で快楽は深い。もちろん、心理的な満足度も高かった。売れないホステスとはいえ、彼女たちと酒を飲むには四、五万からの金がかかるのだ。そんな女が裸で四つん這いになり、ふたりがかりで一本の男根を舐められているのだから、王様にでもなった気分だ。

「しゃっ、しゃぶってくれ……かわりばんこに……」

敦彦の要求に従い、まずは梨々杏が亀頭を頰張った。可憐《かれん》に鼻息をはずませて、リズミカルに男根をしゃぶってきた。真奈美のやり方はそれとは正反対で、ねっとりと吸ってきた。どちらも心地よく、代わるがわるやってもらうと、快楽はどこまでも高まっていった。

「可南子さん」

敦彦は声をかけた。

「ぼーっとしてないで、こっちにきてさっきのお返しをしてくださいよ」

「えっ？　お返しって……」

「このふたりに、さんざん愛撫してもらったでしょ。おかげで何度もイッたでしょ。今度は可南子さんが、彼女たちを感じさせる番だ。後ろから、クンニしてあげてください」

可南子は啞然とした顔をした。男根を咥えていた梨々杏も、横から舌を伸ばしていた真奈美も、一瞬、顔をこわばらせたが、金で買われた三人には敦彦の言葉を黙って受け入れることしかできなかった。

6

フェラチオは早々に中断した。

可南子にバッククンニを受けた梨々杏と真奈美の反応があまりにもいやらしかったので、敦彦はベッドにあがってクンニ大会に参戦した。可南子と代わるがわる、若いふたりの花を舐めた。バックからだけではなく、前からもしてやった。蜜壺に指を沈めてクリトリスを舐め転がしてやると、梨々杏も真奈美も髪を振り乱してあえぎにあえいだ。

喜々として同性への愛撫に精を出していた梨々杏や真奈美と違い、可南子は終始、いまにも泣きだしそうな顔で舌を使っていたが、性感はきっちりととらえていた。悔しいけれど、あえがせ上手という意味では、敦彦よりも上だったかもしれない。

「もう我慢できませんよ……」

敦彦は、荒ぶる体をベッドに横たえた。あお向けである。ある目論見があり、まずは騎乗位で若いふたりと繋がることにする。

「真奈美さんから、またがってきてください」

一瞬、真奈美が息を呑んだ。もはやそこにいる全員が全裸で、三人の女は股間を濡らし、敦彦は男根を反り返していた。それでも、自分が最初にセックスそのものを披《ひ》露《ろう》することには抵抗があるらしい。

もちろん、抵抗があろうがなかろうが、彼女に拒否する権利なんてない。そして、そういうタイプであるからこそ、敦彦は最初の相手に選んだのだ。

真奈美がおずおずとまたがってきた。肩が震え、視線が定まらない。彼女が濡れた花園に男根の切っ先を導くと、敦彦は抱き寄せた。女体を自分に覆い被せた状態で、みずから膝を立て、挿入していった。

「ああっ……」

浅瀬にずぶりと埋めこむと、真奈美はせつなげに眉根を寄せて見つめてきた。抱き寄せられたことを、感謝しているようだった。その体勢はそれほど露骨ではなく、彼女がいやらしい腰振りを披露する必要もない。

だが、敦彦がやさしさを発揮したと考えているなら、誤解もいいところだった。勃起しきった男根を奥までずぶずぶと埋めこみ、下から律動を送りこんで真奈美の体が火照ってくると、可南子に声をかけた。

「舐めてくれませんか？」

「えっ……」

知的な美貌がひきつった。

「繋がってるところを、舐めてくださいよ」

敦彦は最初からそのつもりで、真奈美の体を抱き寄せたのだった。女が上体を起こした騎乗位では、結合部を舐めてもらうことができない。

可南子はショックを受けているようだったが、すでに同性へのクンニリングスを行なっている。おぞましさのハードルは低いだろう。なにより、ここまで来てすべてを白紙に戻すほど愚かでもない。

ガニ股に開いている敦彦の両脚の間に、可南子は四つん這いで陣取った。おそらくこわばっているであろう顔までは見えなかったが、男根の裏側をツツーッと這ってきた舌はヌメヌメと生温かくて、たまらなく心地よかった。

「いいぞ、その調子だ……」

敦彦は低く声を絞った。

「もっと……もっと舐めてくれ……」

ずぶずぶと入っていっては、ゆっくりと抜いていく。亀頭だけを割れ目に埋めこんだ状態でとまり、愛液まみれの肉竿を舐めてもらう。

思わず身をよじってしまった。

舐めてもらうために激しいピストン運動はできないが、そのもどかしさがまた、快感を深めていく。肉竿をペロペロと舐められては、ずぶずぶと蜜壺に入っていく。敦彦も可南子も次第に要領を得てきて、まるで餅つきでもしているように呼吸が合っていった。

「んんっ……んんんっ……」

真奈美が真っ赤な顔で身悶えた。感じているようだが、それ以上に羞じらっている。それも当然だろう。結合部を舐められているということは、結合部を見られてもいるのだ。先ほども可南子にクンニをされていたが、真奈美は恥ずかしさに慣れるタイプではないらしい。

キスをしてやると、自分から舌を差しだしてきた。ねちゃねちゃと積極的に舌をからめてくる真奈美からは、もっと激しく突いて、という心の声が聞こえてくるようだった。

刺激が欲しいというより、快楽に翻弄され、頭の中を真っ白にしたいのだろう。自分が恥をかいていることを、刹那《せつな》でも忘れたいのである。

しかし、激しく突いてやることはできない。肉竿をペロペロされる快感を手放す気にはなれず、抜き差しはむしろどんどんスローピッチになっていく。そのかわり、敦彦は真奈美の巨乳を揉んでやった。大きな乳暈を舌先でなぞり、乳首を吸いたてた。

「くぅうっ……あああっ……」

喜悦に身をよじる真奈美の体はぽっちゃりしていて柔らかく、極上の肉布団と化していた。彼女がどんな体位を好きなのか知らないが、まるでこの体位でセックスするために生まれてきたようなボディである。

「よし、そろそろ交代しよう」

敦彦は真奈美を腰の上からおろし、梨々杏を呼んだ。先ほどまでの元気はどこへやら、すっかり顔色をなくしていた。真奈美を見ていたからだろう。激しく突きあげてあえがせてももらえず、結合部をさらしものにするやり方に、震えあがっているようである。

敦彦の中で、意地悪な気分が疼いた。みんなで可南子をいじめていたときのように、あるいはピンドンを飲んで笑っていたときのようであれば、やさしく抱いてやることもできたかもしれない。

だが、尻込みするのならお仕置きだ。真奈美より痛烈に辱めてやる。

「ほら、さっさとまたいでくるんだ」

敦彦は騎乗位にうながしたが、梨々杏がまたがってきても抱き寄せてやらなかった。上体を起こした格好で、腰を振らせた。結合部をさらけださずにすみ、ちょっと安堵していたようだが……。

「おいおい、ずいぶん幼稚な腰使いだな」

敦彦が吐き捨てるように言うと、梨々杏の瞳は凍りついた。実際、彼女の腰使いはなっていなかった。騎乗位が得意ではないのだろう。

「そんなことだから、枕営業までしたのに金本さんに逃げられたんじゃないか。腰の振り方が下手《へた》くそだから」

梨々杏の顔は思いきりこわばり、眼が吊りあがった。なぜいまそんなことを言いだすのだ、という怒りと混乱で紅潮した頬がピクついている。

「ええっ？　梨々杏ちゃんて金本さんに枕してたんだ」

ここぞとばかりに、可南子が食いついてきた。宴席を仕切る腕がある彼女は、風向きの変化を敏感に察知したのだ。いじめのターゲットが、自分から梨々杏に変わろうとしているのを……。

「人に枕疑惑をかけておいて、自分がしてたなんてね。若い子って怖いなあ。それに、腰の振り方、本当に下手よ。これじゃあ男も逃げだすわね」

「手伝ってやってくれよ」

敦彦が言うと、可南子はすかさず梨々杏の真横に移動した。反対側に真奈美も陣取り、ふたりがかりでブランコを揺するように、梨々杏の腰を揺すりはじめた。

「いっ、いやあああーっ！」

股間をしゃくるように腰を振らされ、梨々杏は悲鳴をあげた。刺激が二倍増し、三倍増しになったのは間違いなかった。

「これだよ、梨々杏、これ！　騎乗位っていうのは、こういうふうに腰を使うんだ」

敦彦は鼻息を荒げ、上下に揺れはずんでいる梨々杏の双乳を両手ですくいあげた。

ぐいぐいと指を食いこませて揉みしだき、乳首をつまみあげた。ぎゅーとひねりあげれば、甲高い悲鳴があがった。

「どうだ？　気持ちいいだろう？」

梨々杏は答えず、泣きそうな顔で首を振っている。感じていないわけではない。にわかに蜜の漏れ方が増え、結合部からはぐちゅぐちゅと卑猥な肉ずれ音があがっている。

「なんだ？　気持ちよくないのか？　だったら……」

敦彦が梨々杏の両脚を持ちあげようとすると、察した左右のふたりが阿吽の呼吸で手伝ってくれた。敦彦の腰の上で、梨々杏はあられもないM字開脚にされた。陰毛の薄い彼女がその格好になると、結合部が丸見えになる。

「やっ、やめてっ……やめてくださいっ……恥ずかしいですこんな格好っ……」

涙声で哀願する梨々杏を助けようとする者は、誰もいなかった。

「今度は前後運動じゃなくて、上下運動だな」

敦彦が言うと、可南子と真奈美は呼吸を合わせ、梨々杏の体を上下に動かした。股間が落ちてくるたびに、ピターン、ピターン、と尻が鳴った。アーモンドピンクの花びらが男根に吸いつき、巻きこまれていく様子が、敦彦からはありありとうかがえた。

「どう、梨々杏ちゃん？　気持ちがいいところにあたってるんじゃない？」

可南子が意地悪な口ぶりでささやく。

「オマンコのいちばん奥にあたって、すごくいいでしょ？」

「ううう っ……くぅううう ーっ！」

梨々杏は必死になって首を振るが、感じていることを隠しきれない。可愛い顔を生々しいピンク色に染めあげて、くしゃくしゃに歪めている。首筋や胸元に、淫らな汗が光っている。

可南子の指摘は間違っていなかった。敦彦も、男根の切っ先にコリコリした子宮があたっているのを感じていた。それほど深く結合しているのだ。自力ではなく、ふたりがかりのサポートがあるから、股間の上下運動に容赦《ようしゃ》がない。可南子と真奈美は梨々杏の太腿をつかみ、地面に杭《くい》でも打ちこむように、ピターン、ピターン、と股間を打ちおろす。

「ああっ、いやっ！　いやいやいやあああーっ！」

梨々杏が半狂乱であえぎはじめた。M字に開かれた太腿がひきつり、波打ち、そのうち脚全体が震えだした。あふれる蜜は敦彦の陰毛をぐっしょりと濡らし、玉袋の裏まで垂れてきている。

このまま続ければ、間違いなく絶頂に導けそうだ——手応えを感じつつも、敦彦は次の段階に進むことにした。

「ちょっとストップ」

可南子と真奈美に声をかけた。唐突に刺激から解放された梨々杏は、ハアハアと肩で息をして、眼を開けることさえできなかった。両脚はふたりがかりで押さえられているので、M字開脚のままだ。勃起しきった男根をずっぽりと咥えこんでいる姿を、あられもなくさらしている。

「なあ、梨々杏……」

声をかけると、薄眼を開いた。

「おまえのオマンコ、ちょっとゆるくないか?」

「はっ?」

梨々杏が眼を見開く。信じられない、という顔をしている。そんなことを言われたことがないのだろう。実際にゆるくはないのだから……。

「真奈美に比べて、ゆるゆるのガバガバだよ。腰を振るのが下手くそなうえ、こんなゆるマンじゃ、そりゃあ金本さんにも愛想を尽かされるわ」

梨々杏はまばたきを忘れたように、眼を見開いていた。その紅潮した頬に、ひと筋の涙が流れた。敦彦が放ったのは、女のプライドを踏みにじるひどい台詞だった。たとえ事実でも、決して口にしてはならない。男だって人前で短小となじられれば、首を括りたくなる。

「ねえ、敦彦くん……」

可南子が声をかけてきた。眼と眼が合った瞬間、この女はやっぱりさすがだ、と感心した。敦彦の意図を、瞬時に察してくれたようだ。

「ゆるマンのなおし方なら、わたし知ってるけど」

宴席で彼女が十八番にしている下ネタがある。「あそこがゆるいって思われたくなかったら、お尻の穴をキュッと締めとけばいいのよ。前の穴と後ろの穴って、8の字の筋肉で繋がってるから、後ろを締めれば前も締まるの」というものだ。本当なのか？　と敦彦は懐疑的《かいぎてき》だったが、事実かどうか試してみるのに、いまより絶好のときはない。

「じゃあ、ちょっと手伝ってくれ」

可南子に言うと、不敵な笑みを浮かべてうなずいた。先ほどいじめ抜かれた意趣返しがようやくできると、彼女の顔には書いてあった。

梨々杏を抱き寄せた。先ほどの真奈美と同じように、女に上体を倒させた騎乗位に移行したわけだが、尻を突きだして結合部をさらけだすことに羞じらう元気は、梨々杏にはもう残されていなかった。あそこがゆるいとなじられたショックでべそをかいており、敦彦と可南子のやりとりも、ろくに耳に入っていなかった様子である。

だが、次の瞬間、

「いやっ！」

と鋭い悲鳴をあげ、ぐったりしていた体が生気を取り戻した。後ろにまわりこんだ可南子に、尻の穴を舐められたからだ。

「なっ、舐めないでっ！　そんなところ舐めないでえぇっ！」

暴れだそうとする可南子を、敦彦は下からしっかり抱きしめた。逃がすわけにはいかなかった。

「ふふっ、くすぐったい？」

可南子が勝ち誇ったように笑う。

「でも我慢して。こうやって刺激すればお尻の穴が締まるでしょ？　そうすれば、ゆるゆるのオマンコもキツキツになるから」

「いっ、いやっ！　いやああああーっ！」

梨々杏はアヌスを舐められるのがよほどおぞましいようだったが、拒んでばかりはいられなかった。敦彦が下から律動を送りこんだからだ。先ほど絶頂寸前まで追いこんだ蜜壺を、再び痛烈なストロークで貫いた。

「はっ、はぁああああーっ！　はぁああああーっ！」

尻の穴を舐められるのはくすぐったくても、それが同性の舌であればおぞましくてしようがなくても、同時にピストン運動を送りこまれれば、あえがずにはいられない。下半身の内側で暴れまわる快感に、なすすべもなく翻弄されていく。

「なあ、梨々杏、本当に尻の穴を締めてるか？」

下から突きあげながら、敦彦は言った。

「せっかく可南子さんに舐めてもらってるのに、まだゆるゆるのガバガバだぞ」

梨々杏は耳を真っ赤にするばかりで言葉を返してこなかったが、

「それじゃあ奥の手を出しちゃう？」

可南子が引きとった。

「わたしはやったことないけど、これをすれば絶対に締まるって方法を聞いたことがあるの」

底意地悪く眼を輝かせながら、顔の横で右手の人差し指を立てた。

「頼むよ」

敦彦がうなずくと、可南子は人差し指を口に咥えて、唾液をたっぷりとまとわせた。

「なっ、なにをするの？」

舌とは違う感触を尻の穴に感じたのだろう、梨々杏は焦って振り返った。

「暴れたりしたら、切れちゃうかもしれないからね。じっとしてなきゃダメよ」

可南子は口許に悪魔のような笑みを浮かべた。

「ああーっ！」

敦彦からはもちろん、可南子の指がどこに入ったのかは見えなかった。しかし、梨々杏の顔色の変化と悲愴《ひそう》な叫び声で、状況ははっきりと伝わってきた。

「いっ、入れないでっ！　入れないでえええーっ！」

「じっとしてなさいって言ってるでしょ！」

可南子が左手で、梨々杏の尻をピシリと叩く。

「そうだぞ、梨々杏」

敦彦は下から凄《すご》んだ。

「おとなしくしてないと、ピンドンで犯すぞ。空き瓶がちょうど二本あるからな、前の穴と後ろの穴、同時に入れてやろうか？」

「いっ、いやっ！　いやですっ！」

梨々杏は紅潮した頬をひきつれるだけひきつらせて、首を横に振った。脳裏に可南子のみじめな姿がよぎったのだろう。一方の可南子は、ピンドンで犯された恨みとばかりに声をかける。

「ほーら、お尻の穴に指が全部入っちゃった。すごい締めつけよ。敦彦くん、どう？　オマンコも締まってる？」

「いい感じになってきたよ」

敦彦は下から連打を送りこんだ。パンパンッ、パンパンッ、と梨々杏の尻を鳴らすフルピッチだ。実際、蜜壺の締まりは格段に増した。前の穴と後ろの穴が筋肉で繋がっているという話は、どうやら嘘ではないらしい。

梨々杏はもともと締まりが悪いほうではなかった。むしろ、二十歳の女子大生らしい新鮮な結合感に舌を巻いたくらいだった。アヌスに指を突っこまれ、それがさらに締まるようになったのだ。敦彦に訪れた快感もかなりのものだったが、梨々杏はそれ以上だったろう。

「ああっ、いやっ……ああああっ、いやああああっーっ！」

パンパンッ、パンパンッ、と突きあげるたびに呼吸をはずませ、頭の先から出しているような高らかなあえぎ声を振りまく。男根の切っ先で子宮をぐりぐりしてやれば、ひいひいと喉を絞ってよがり泣き、若い肢体をぶるぶると震わせる。

「たっ、助けてっ……」

泣きじゃくりながら、すがるような眼を向けてきた。

「イキそうなのか？」

コクコクとうなずく。

「イケばいいさ。イキまくって二百万なんだから楽なもんだろ。ソープに沈められるよりよっぽどマシだろ。可南子や真奈美に見せてやれよ。尻の穴ほじられてイキまくるところを……そら、オマンコ締まってきたぞ。このいやらしいオマンコのおかげで、おまえは助かるんだぞ」

「あああっ、ダメッ……」

　梨々杏が切羽つまった声をあげ、敦彦にしがみついてきた。

「イッ、イッちゃうっ！　イッちゃいますっ！　もう我慢できないっ！　オッ、オマンコ気持ちいいっ！　お尻の穴も気持ちいいっ！　もうダメ、おかしくなるっ！　あああっ……はぁあああああーっ！」

　ビクンッ、ビクンッ、と全身を震わせて、梨々杏は絶頂に駆けのぼっていった。まるで釣りあげられたばかりの魚だった。その体を抱きしめている敦彦も、射精をこらえることができなかった。

「だっ、出すぞっ！　こっちも出すぞおおおーっ！」

　雄叫びをあげてフィニッシュの連打を放ち、煮えたぎる男の精を梨々杏の中にぶちまけた。ドクンッ、ドクンッ、と熱い粘液を吐きだすたびに、気が遠くなりそうな快感が訪れた。

　断りもなく中出ししてしまい、梨々杏には申し訳ないことをした。

しかし、それもまた金で解決できるだろう。五十万ほど色をつけてやれば、笑って許してくれるに違いない。いや、それでプラス五十万になるならと、可南子や真奈美だって中出しをせがんでくるに決まっている。

長々と射精を続けながら、敦彦は男に生まれてきた悦びを存分に味わった。やがて夜が明け、ひとりになったときに訪れる虚しさなど、そのときは想像することもできなかった。

それは恐ろしい虚無だった。

佐保と分かちあった熱狂的な恍惚に比べれば、金の力で実現した桃源郷など、安っぽくて陳腐なものだった。結果的に佐保を失った喪失感だけが強まり、彼女がどれだけ大切な存在だったのかを、したたかに思い知らされただけだった。

なぜ……。

肝心なところで逃げ腰になり、彼女と一緒に堕ちていけなかったのか——悔やんでも悔やみきれなかった。身をよじりたくなるような痛恨から、敦彦は結局、一生涯自由になることができなかったのである。

エピローグ

佐保の残していった金を馬鹿げた豪遊で使い果たした敦彦は、それから流浪の旅に出て、様々な土地を転々とした。道路工事、解体業、原発作業員……水商売以外はなんでもやって、いままでなんとか生きのびてきた。その間、情を交わした女もいなかったわけではないが、結局家庭ももたなかったし、子も成さなかった。五十五歳まで馬齢を重ねただけで、生きている実感が少しももてない、空虚な三十年間を過ごした。まるで生ける屍《しかばね》だった。

一週間ほど前、大阪西成の安酒場で隣りあわせた初老の男が、偶然にも〈馬淵リゾート〉の元社員だった。総務にいた人間で面識はなかったが、バブル時代のことを彼はよく記憶していた。

〈馬淵リゾート〉がバブル崩壊とともに膨大な負債を抱えて倒産したことは、敦彦も新聞を読んで知っていた。しかし、佐保がすでにこの世にいないということは、そのとき初めて知らされた。

「あの逐電しちまったお姫様なら、とっくに死んでるよ。社長が逮捕される直前だったから、一九九一年の春のことだ。シャブ中の男と付き合ってて、シャブを打ちすぎて死んだらしい。無理心中とか他殺説とかいろいろ噂は飛びかってたけど、はっきり言って社長も会社もそれどころじゃなかったしね。外にもらせる話でもないし、葬式すらまともにできなかったんじゃないかな」

計算してみると、一緒に暮らしていたアパートを出ていってから半年も経たずに、佐保は死んでいたことになる。彼女は春に生まれたはずだから、誕生日を迎えていれば、享年三十一。

いくらなんでも早すぎる死だ。

彼女はなぜ、とことん堕ちていくことに決め、その通りに人生をまっとうしたのだろう？

敦彦はいままで、籠瀬の金の亡者たちに対する復讐というか、あてつけのように感じていた。だが、三十年ぶりに故郷の空気を吸って、それは違うかもしれないと思い直した。

佐保は自堕落に溺れたのではなく、自分を生け贄に差しだしたのだ。みずからが滅びることで、金の亡者たちも滅びるように呪いをかけたのだ。

実際、バブルに狂騒した金の亡者たちは、バブル崩壊とともにバタバタと倒れていった。

敦彦の父を筆頭に、〈馬淵リゾート〉と関わっていた街の有力者たちは、軒並み悲惨な末路を辿《たど》ったという。自殺、逮捕、蒸発、ストレスからの病死……籠瀬の街もすっかり活気がなくなり、空きビルやシャッター商店ばかりが目立つ。それは決して夏希の言う「元の静かな籠瀬」ではなく、高潔なお姫様の逆鱗《げきりん》に触れて焼け野原にされてしまったように、敦彦には思えた。

佐保の墓は、名前すら刻まれていない個人墓だった。

離婚届けがどう処理されたのか不明だが、馬淵家の墓にも、実家の墓にも入れなかったのだろう。もっとも、馬淵家の墓がどこにあるのかもわからない。馬淵隆造は籠瀬の出身ではないし、裁判の保釈中に行方をくらまし、生きているのか死んでいるのかさえ定かではないらしい。

敦彦は墓場を出て歩きだした。

山の向こうに巨大な弥勒菩薩の横顔が見えてくると、たまらず目頭を押さえた。純白の輝きはずいぶんくすんで灰色になってしまったけれど、敦彦が命を懸けて愛し、崇《あが》めていたと言ってもいい震えるような気品が、そこにはまだしっかりと留められていた。

〈馬淵リゾート〉が倒産したことからテーマパークの開発は中止となり、弥勒菩薩は現在、所有者不在で行政の管理下にあるという。道中小耳に挟んだ噂によれば、このあたりでいちばんの心霊スポットと言われているらしい。

この作品は徳間文庫のために書下されました。
なお本作品はフィクションであり実在の個人・団体などとは一切関係がありません。

徳間文庫

落下《らっか》する女神《めがみ》

2020年9月15日 初刷

著者 草《くさ》凪《なぎ》優《ゆう》

発行者 小宮英行

発行所 株式会社徳間書店

東京都品川区上大崎三―一―一 〒141―8202

目黒セントラルスクエア

電話 編集〇三(五四〇三)四三四九

販売〇四九(二九三)五五二一

振替 〇〇一四〇―〇―四四三九二

印刷 製本 大日本印刷株式会社

ISBN978-4-19-894588-6 (乱丁、落丁本はお取りかえいたします)

徳間文庫の好評既刊

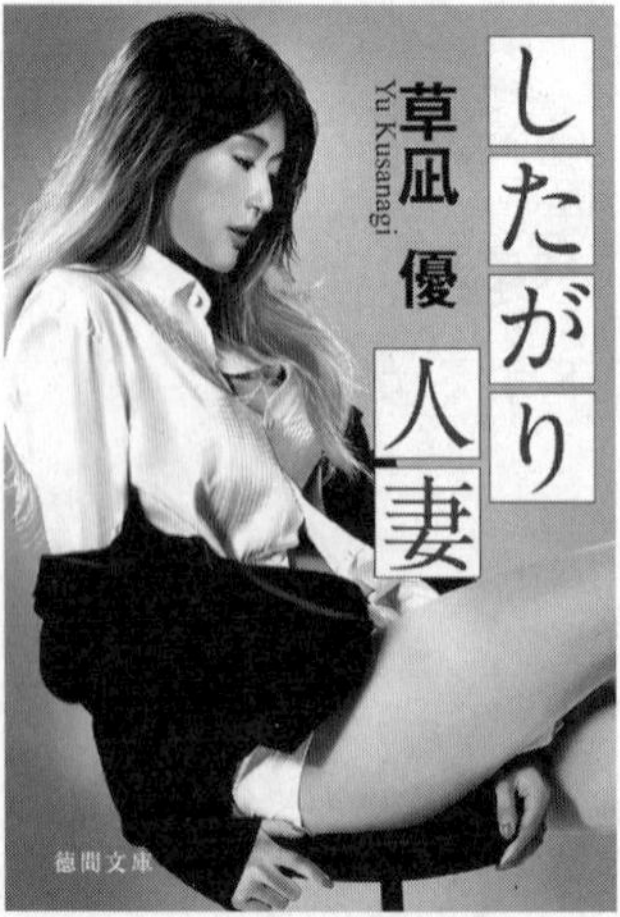

草凪　優

したがり人妻

書下し

傾きかけた写真館の主《あるじ》・三橋秀一《みつはししゅういち》（22）は、まだ童貞。お受験写真を撮りに来たセレブ妻や女子アナ志望の肉食巨乳妻との桃色遊戯でセックスの良さにのめり込む。ある日、高校時代のマドンナ山内美羽《やまうちみわ》が写真館を訪れた。美羽は軽薄なチャラ男に骨抜きにされて、風俗で働かされているという。彼女をチャラ男から奪うには性技を磨くしかないと決心した秀一は、人妻たちとトレーニングを開始した！